LOCUL POTRIVIT

EMANUEL GRIGORAȘ

GRAFICĂ DE MATEI DIMITRIU

ALEXANDRA M
ADELINA D
ANDREEA I
ANDREEA S
ANDREEA V
CARMEN B
CRISTIAN D
ALINA C
CRISTINA K
FLAVIA K
FLORIN G
GIANINA M
MAGDA C
MARA M
MATEI D
ROXANA V

Mulțumesc

Cuprins

Notă: personajele şi evenimentele descrise în această carte sunt fictive şi vor fi tratate ca atare.

LOCUL POTRIVIT
Editia a II-a
www.emanuelgrigoras.ro
www.loculpotrivit.info

Descrierea CIP a Bibliotecii Naţionale a României
GRIGORAŞ, EMANUEL
Locul potrivit / Emanuel Grigoraş. - Bucureşti:
Editura Virtuală, 2012
ISBN 978-606-93195-4-3

821.135.1-31

Coperta colecţiei: Matei Dimitriu
Ilustraţia grafică: Matei Dimitriu
Tehnoredactare: Matei Dimitriu

Cuvânt înainte

Peste manuscris am dat cu totul întâmplător, pe internet. L-am contactat imediat pe autor și am aflat apoi și povestea din spatele cărții. Mai mult, am remarcat succesul și potențialul romanului văzând comentariile primite de autor după ce și-a pus cartea pe propriul blog. În câteva zile, Locul Potrivit fusese descărcat „ca pâinea caldă". Iar aprecierile cititorilor nu au întârziat deloc.

După lectura manuscrisului, nu am mai avut nici o îndoială că aveam în față un roman scris cu pasiune, cu un stil alert, care prinde cititorul și nu-i dă pace până la final. Romanul de debut la lui Emanuel Grigoraș se constituie, din punctul nostru de vedere, și într-un semnal (și o provocare, deopotrivă) pentru autorii români consacrați (sau abia la început de drum literar) pentru a începe să exploreze această nouă oportunitate reprezentată de cartea digitală.

Locul Potrivit este un roman despre fiecare dintre noi. Este un roman despre multiplele chipuri pe care le purtăm în interiorul nostru și despre care nu avem mereu știință. Este un roman care se adresează tuturor pentru că vorbește despre omul comun, despre omul obișnuit. Recurgând cu abilitate, la o secvențialitate neobișnuită pentru un text literar, folosind metafora cu discreție, autorul ne oferă o sumă de trăiri autentice, trăiri pe care, în lumea aceasta din ce în ce mai grăbită, suntem tentați să le ignorăm cu riscul de a dilua omenescul din noi.

Personajele lui Emanuel Grigoraș se regăsesc, în viața de zi cu zi, lângă tine: în metrou, pe stradă, într-un parc, la birou. Ele definesc omul obișnuit, portretul robot al miilor de oameni pe care îi zărim pe stradă, dar fără a-i vedea cu adevărat decât arareori. Personajele acestei cărți definesc cu naturalețe un loc potrivit pentru fiecare. Locul potrivit, pe care fiecare și-l alege în viață.

Romanul Locul Potrivit este o oglindă atentă la detaliile din care fiecare cititor este alcătuit. Locul potrivit este, în cele din urmă, spaţiul populat cu imaginile a ceea ce am fi putut fi, a ceea ce încă am putea fi sau a ceea ce suntem de fapt. Probabilitate, potenţialitate şi realitate, toate se întâlnesc în locul geometric numit Locul Potrivit și alcătuiesc împreună, în mod armonios, o hiperrealitate de care prea rar suntem conștienţi. Pe scurt, avem de a face cu un debut consistent, un debut care promite cel puţin un lucru: cu siguranţă, despre autorul Emanuel Grigoraş se va mai auzi.

Marian Truţă

1

STEFAN
LOVE IS A SECOND HAND EMOTION

1 / Ștefan / Love is a second hand emotion

Acum

Mă uit cum se reflectă soarele în chelia țiganului mic de statură care stă lângă un grătar pe care se ard doi pești. Mâinile îi tremură. Același zâmbet liniștit și ochi sclipind când vede o sticlă cu băutură. Am oprit pentru zece minute, în drum spre București, doar ca să văd dacă mai este în viață. Este. Și are altă femeiușcă de vreo 20 de ani care dă cu mătura prin curte ca și cum ar fi stăpâna casei. La cei aproape 60 de ani ai lui se ține bine.

De fiecare dată când mă întâlnesc cu el, în primele trei secunde îmi revăd tot trecutul ca și cum aș muri, iar în alte două mă sufoc și am senzația că nu îmi mai pot controla vezica și o să mă piș pe mine de frică.

Gândul că acum nu îmi mai poate face nici un rău nu mă ajută. Poate pentru că atunci când respirăm același aer prezentul este doar o pânză pe care trecutul pictează lucrurile cu adevărat importante.

Tatăl meu este un pictor ale cărui opere au devenit parte din mine pentru totdeauna, iar pânza pe care a pictat este sufletul meu. Nu ai spune când se uită la tine cu privirea lui blândă, în maieul găurit ce îi acoperă burta rotundă, că a avut, pentru ani de zile, grijă ca eu să beneficiez de ceea ce el a numit o educație corespunzătoare. Mulți experți în tortură ar avea ce să învețe de la el. Întotdeauna a gândit pe termen lung și a dat dovadă de multă ingeniozitate.

Atunci

Primele mele amintiri sunt pline de sunet și culoare. Peretele rece îmi sprijină umărul, gâtul îmi este uscat și îmi număr degetele cu pielea aspră și cu unghii care mă dor la rădăcină ca și cum ar aștepta să fie smulse. Printre degete privesc.

Privesc sunetele muzicii populare ieșind din boxele magnetofonului și reflectându-se în tot ce întâlnesc din sticlă. Lumina de neon de pe tavanul bucătăriei tremură într-un ritm știut doar de curentul electric. Becul de la aplica de pe hol arată ca și cum ar dori să inspire sunetul și să explodeze înspre interior trăgând totul către el.

Muzica este la un volum suficient de puternic pentru ca vecinii să nu audă țipetele mamei sau gemetele mele. Există metodă în nebunia lui și obligativitatea de a spăla rufele murdare în familie este implicită. Taninul din alcoolul de coacăze își face efectul fără greș. Scoate la suprafață ce e mai bun din el, iar educația militară i-a ascuțit atenția pentru detaliu și pentru păstrarea aparențelor.

Acum

Am fost în urmă cu câțiva ani în zona în care am locuit până am împlinit nouă ani. Blocul este micuț și bucăți mari din ziduri sunt lipsă ca după un bombardament. Un bloc locuit de militari. Bărbați adevărați cărora totul le este permis la băutură atât timp cât păstrează aparențele. Vecina pe care o futea el când bărbatul ei era la serviciu îl accepta ca pe un bețivan curvar și simpatic, atât timp cât nu îl auzea când își bătea nevasta și copiii. Mă întreb câteodată dacă mintea ei nu era capabilă să facă legătura între modul în care tatăl meu dădea muzica mai tare în unele momente și momentele în care soțul ei făcea același lucru.

Atunci

Un vâjâit urmat de un zgomot sec și de cioburile de la o cană de vin acum goală care mi se înfig în mână. Curentul de aer îmi mângâie obrazul. Răsuflu ușurat. A aruncat la nervi. Dacă ar fi vrut să mă lovească aș fi simțit. E un bun țintaș și m-ar fi lăsat inconștient până ce oboseala după o muncă bine făcută l-ar fi determinat să se ducă la culcare dându-i mamei ocazia să mă adune de pe jos.

Sângele meu de pe linoleum este închis la culoare. Înseamnă că sunt sănătos, după cum a spus parcă un doctor. La periferia câmpului meu vizual este albul varului de pereți, cenușiul spațiului delimitat de rama ușii de la bucătărie unde are loc scena principală și din care la mine ajung doar firimiturile, adică cioburi. Albul și cenușiul mă ajută să definesc roșul. Nu îl pot delimita in spațiu și nici nu am nevoie. Existența roșului în sine este suficientă.

Acum

Unul din lucrurile care mă sperie dimineața sunt covoarele roșii. Am trăit câteva luni cu un covor roșu în dreptul patului. Din când în când retrăiesc acele dimineți când mă trezeam și primul lucru pe care îl vedeam era o pată mare de roșu. Dimineți cu gust de vomă în gură și cu miros de sânge în nas, cu dureri de degete în timp ce mă îndreptam spre baie pentru a îmi liniști mintea uitându-mă la gresia albă.

Un colț al camerei de baie trebuie să rămână liber în orice casă în care trăiesc. Am nevoie de acel loc în care să mă pot ghemui uneori, să îmi odihnesc capul de faianța rece și să urmăresc cu coada ochiului albul în alb al plăcilor de porțelan până mintea mea se întoarce la un prezent care îmi va permite să trec peste ziua ce urmează.

Love is a second hand emotion. Singurul sentiment adevărat este ura. Nimic nu este mai aproape de îndemnul de a îți iubi aproapele ca pe tine însuți decât este ura. Asta am învățat de la el.

Cumva știam înainte de a arunca el cana că nu vrea să mă omoare. Eu sunt obiectul urii lui și are nevoie de mine în viață pentru a își exprima pe deplin potențialul artistic. Are talentul acela special, pe care l-am moștenit și eu, deși îi găsesc alte aplicații, de a ști când să se oprească. Atât timp cât el este prin preajmă nu îmi este frică de a muri.

Am ajuns să mă uit la moarte cu indiferență. Nu îmi este frică de a muri și nici nu aștept acel moment în care voi trece dincolo cu nerăbdare. Pentru oamenii mari moartea este ceva care închide cercul sau acel eveniment pe care îl doresc definit ca iminent cât mai târziu posibil. Pentru mine este doar o stare familiară de care am fost de atât de multe ori atât de aproape încât sunt sigur că nu va veni niciodată.

Exist prin ura care ne leagă și nevoia de a ști că el încă respiră. Sentimentul care mă leagă de tatăl meu este atât de puternic încât știu că nimic nu mă poate împiedica să trăiesc bucuria că el este încă în viață și că îl pot urî. Asta mă determină să revin cel puțin o dată pe an în România din orice colț al lumii aș fi. Mă uit la el și mă asigur că este sănătos, înainte de a merge mai departe cu propria-mi viață.

Atunci

Urletele lui și rugămințile mamei sunt ca un zgomot de fond. Verific adâncimea tăieturilor cu calmul unui medic de front. Am experiența necesară. Nimic din ce observ nu va necesita atenție specială.

A început să obosească. Mișcările au început să îi devină mai scurte. Pauzele încep să se interpună atât între gesturi cât și între propoziții. Ochii lui se opresc asupra mea. Are privirea omului pe care îl întristează profund limitările pe care le are ființa umană. Dorința lui de a se autodepăși primează asupra tuturor celorlalte. Este conștient că nu m-a putut tortura îndeajuns. Este conștient că este într-un proces de învățare continuu și că perfecțiunea este încă departe.

E bine. Înseamnă că nu mai e mult. Îmi pare rău că nu m-am uitat cât era ceasul când a început. Acum aș fi știut dacă urmează să mai stau aici cât se uită el la televizor sau dacă se duce la culcare și pot să mă spăl și să mă pregătesc psihic pentru ziua de mâine, o zi în care va trebui să mă comport bine și să nu tresar când mă voi juca cu colegii și înghiontelile lor îmi vor provoca dureri. Tăieturile astea de la sticlă sunt foarte neplăcute în primele două zile.

Am 5 ani, numele meu este Ștefan și sunt un băiat obișnuit într-o familie obișnuită din România și cred că a adormit. Să vedem dacă pot să mă ridic, să mă bandajez și să mă bag în pat fără să mă simtă.

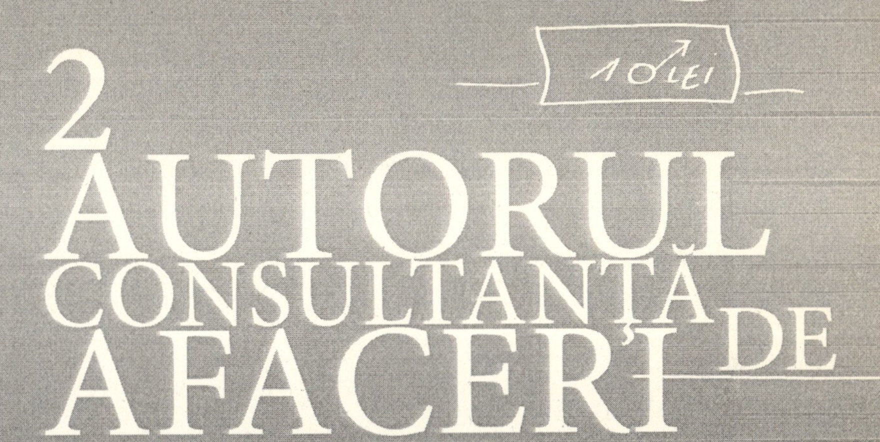
10 LEI
2
AUTORUL
CONSULTANȚĂ DE
AFACERI

Ies de la metrou și sunt oprit de o domnișoară care mă întreabă: Nu vă supărați, pot să vă rog ceva? Mă uit la ea. O fac încet ca și cum nu m-aș grăbi nicăieri. Este mică de statură, șatenă cu ochii albaștri. Îi zâmbesc și răspund: nu mă supăr. Tăcerea mea creează un moment de pauză. Își revine repede și mă întreabă dacă pot să o ajut cu niște bani.

Nu mă interesează motivul astfel încât nu aud ce spune mai departe. O privesc cu atenție de sus până jos. Este îmbrăcată cu un pardesiu gri deschis și poartă la gât o eșarfă roz. Ghetuțele sunt noi. Îmbrăcată exact așa cum trebuie pentru a fraieri proștii care au bani de dat. O întreb de câți bani are nevoie și insist precizând că vreau să știu de câți bani are nevoie în total. 25 de lei îmi răspunde. Scot 15 lei din buzunar și mă întorc către un grup format din doi băieți și două fete: Am o rugăminte la voi. Domnișoara are nevoie de 25 de lei. Eu pot să îi dau 15. Ajutați-mă voi cu diferența.
Poate din simpatie pentru o colegă studentă sau poate pentru a impresiona cu prostia lui, unul dintre băieți scoate o bancnotă de 10 lei. O întinde domnișoarei mele și pleacă mai departe după ce mă vede că îi dau ei și banii mei.

Câteva clipe mai târziu mă întorc către tânăra domnișoară și o întreb: ai vrea să câștigi 250 de lei? Dă repede afirmativ din cap. Ochii albaștri sclipesc ca două safire. Cu adevărat lăcomia are talentul de a scoate tot ce este mai bun în oameni.
Îi spun să îmi dea cei 25 de lei. Mi-i dă imediat. Îi bag liniștit în buzunar și îi spun: cheamă un prieten să te ajute să faci altora schema pe care tocmai am făcut-o eu. 15 lei sunt ai mei. Ceilalți 10 lei sunt plata pentru ceea ce ai învățat astăzi.
Protestează spunând că sunt banii ei. Nu pare să fi înțeles așa că fac un pas care îmi aduce fața la câțiva milimetri de a ei. O simt cum transpiră de frică. Drăguță, școala este gratuită doar dacă este oferită de statul român. Aici ești pe stradă. Sunt alte reguli. Maică-ta știe pe unde umbli? Dacă mai stai mult pe aici riști să nu se mai știe nimic de tine niciodată.

3

ȘTEFAN
JUCARII

3 / Ştefan / Jucării

Sunt şoim al patriei şi îmi place. După ce m-am plictisit să încerc să mă uit sub fusta tovarăşei educatoare am descoperit revista Şoimii Patriei.
Cumpăr, cerşesc sau fur revista de oriunde o găsesc. Conţine pagini cu modele pe care le lipeşti pe carton şi apoi le decupezi. Cu bucăţile obţinute poţi face foarte multe lucruri. Construiesc toate modelele din ea. Am talent pentru aşa ceva. Unghiile mele au întotdeauna destul lipici sub ele cât pentru a lipi orice model complet. Ceilalţi copii aleargă şi dorm, iar eu încerc să le imit comportamentul în timp ce în mintea mea decupez, lipesc şi adaug satisfăcut încă un model la colecţie.
Este important să nu ieşi în evidenţă. Este greu să nu ieşi în evidenţă. Nu este de ajuns doar să imit modul în care se mişcă ceilalţi. Trebuie să intru în mintea lor şi să înţeleg cum gândesc. Cu tata fac asta tot timpul. Ştiu că nu e bine să îl contrazic şi nu trebuie să îi spun ce gândesc. Cel mai bine este să nu gândesc deloc în prezenţa lui.

Daca aş fi mai deştept şi aş şti să citesc, aş avea şi nişte reviste pentru oameni mai mari ca Ştiinţă şi Tehnică sau Modelism. Mi le-a arătat odată un băiat mai mare odată după care mi-a tras una peste ochi şi un şut în cur ca să nu îl mai plictisesc. Dacă ar şti prostul câtă durere pot eu să suport numai ca să învăţ mai mult m-ar lovi mai des. Aşa, fac şi eu o figură de căţel plouat şi stau umil până îmi mai aruncă un os. Vorbeşte de nişte avioane mari şi vapoare şi trenuri. Dacă aş fi mai mare aş face nişte modele atât de frumoase încât le-ar vrea sigur pentru el. Pentru că el mai mult vorbeşte. Nu îl văd apucându-se să facă ceva. Dar nu i le-aş da decât dacă mi-ar plăti bani şi cu banii ăia aş construi alte modele, le-aş vinde şi aş face şi mai mulţi bani.

Încă o zi la grădiniţă. A trecut repede. Nu mă interesează să desenez şi nici să învăţ poezii. Tovarăşa educatoare e drăguţă şi nu pot să îi spun că eu pierd timpul pe acolo.

Acasă e liniște si soarele o să apună curând. Aerul este auriu ca într-o poveste. El nu a venit încă. Asta e bine. Că uneori mai stau și mă joc pe afară și se face ora 4 și dacă ajunge acasă înaintea mea o să îmi țiuie urechea dreaptă. El stă în fotoliu și mă cheamă calm și mă întreabă ce am făcut la școală. Am grijă să expir lung când vorbesc și să inspir scurt. E foarte rapid și nu apuc să văd când îmi dă palma pentru că am întârziat. Însă, dacă mă prinde când inspir, doare mai tare și mă sufoc.
Rareori scap doar cu o oră de adunat scame de pe covor. Culesul scamelor este un ritual important și efectele lui asupra mea depind de poziționare. Când vine să mă verifice trebuie să fiu undeva spre mijlocul covorului altfel loviturile lui de picior mă proiectează în peretele bibliotecii, iar dacă nimeresc în vreo cheie și se rupe mă așteaptă o bătaie adevărată.

Acum însă sunt singur. Îmi așez pantofii perfect aliniați la intrare pentru că altfel o iau și mă duc în baia mică. Aici eu domnesc. Nimeni din casă nu intră aici pentru că miroase de la canalizare tare de tot. Și pe mine mă deranjează însă acolo sunt în siguranță. Ies doar când mă ustură ochii atât de tare de la miros încât îmi dau lacrimile.
Vapoare, cetăți, un carnaval, tractoare, un avion și multe altele mă așteaptă. Unele mi le-a agățat mama de tavan și rotesc. Altele stau pe jos sau lipite pe pereți. Într-o zi o să le văd în realitate pe toate. Sper să nu fiu dezamăgit. Pentru că mașinile mele pornesc motoarele când închid ochii și mă duc la Polul Nord unde sunt urși albi. Pe unul îl cheamă Fram. Am văzut eu la televizor. Și carnavalul meu e mai frumos decât circul acela pe care l-am văzut noi când am plecat de la școală și am fugit până în centru. Nu m-am lămurit centru la ce este, dar acolo e circul. Și carnavalul meu are clovni și mă fac să râd. Și râd, dar îmi mușc repede limba pentru că durerea mă face serios și pentru că am auzit ușa la intrare.

A venit. Îi spun săru' mâna. Nu răspunde și se duce direct în sufragerie. E bine. Nu miroase a alcool și nici nu a cerut de mâncare. Dacă adoarme în fotoliu e bine. Când se va trezi pentru că i-a înțepenit gâtul se va ridica doar ca să se ducă în pat.

Pot să mă bag în pat când vreau eu. Închid ochii și visez că s-a făcut dimineața și plec iar la grădiniță.

Într-o zi m-am întors de la grădiniță, mi-am așezat pantofii perfect aliniați la intrare și m-am dus în baia mea și am crezut că am greșit ușa. Nu mai era nimic acolo. Era gol și am simțit că mă doare inimioara mea care este foarte mică. Nu mai bate și e goală ca pereții mei care mai au pe ei doar urme de lipici.
Simt că m-am scăpat pe mine și pantalonii sunt uzi și se lipesc de picior, dar nu pot să mă mișc. Peste 2 ore a venit mama și a început să plângă. M-a luat în brațe și mi-a șoptit că jucăriile mele sunt puse undeva bine că a făcut tata curat în baie. Că nu o să le mai văd și că trebuie să cresc mare și că a zis tata că nu mai am voie să fac jucării.

4
AUTORUL DE CE EU?

4 / Autorul / De ce eu?

Cu mult timp înainte de a decide să scriu despre el, Ștefan mi-a fost coleg de serviciu. Lucram în același departament. La prima vedere nu dădeai doi bani pe el. Era șters și amabil. Dar era ceva sâcâitor și ceva nelalocul lui în toate astea. Așa că am început să îi acord atenție.
Oricând aveai nevoie de ajutor cu ceva, el era acolo și rezolva. De la computere până la rezervări la restaurant. Își făcea și treaba pe care o avea de făcut pentru că șefa lui nu se plângea de el, dar nici nu părea dornică să îl pună pe lista de promovări. După câteva zile mi-am dat seama ce era sâcâitor: era evident că o făcea pe prostul. Își lua tot timpul notițe. Cum mi s-a confirmat mai târziu, știa tot ce se putea ști despre oricine din departament. Și vorbesc de peste 70 de oameni aflați pe două etaje ale clădirii de birouri în care ne aflam.
Când am trecut pe lângă el, într-o pauză de cafea în care majoritatea dintre noi coboram la cafeneaua de la parterul clădiri, am realizat și ce era nelalocul lui despre el: pantofii. Lustruiți oglindă ca în armată. Toate hainele lui erau intenționat alese să pară sub medie. Un efort de a părea mai prost îmbrăcat decât ceilalți. Pantofii scumpi însă îl dădeau de gol. Erau purtați ca o declarație. Spuneau că era diferit și că era mai bun decât noi. Pentru o secundă m-am gândit dacă ar trebui să mă simt jignit, dar era un sentiment plictisitor. Apoi am simțit brusc că sunt foarte curios să știu ce face omul acesta când nu o face pe prostul la birou.

Ocazia mi s-a oferit de abia câteva luni mai târziu. Eram în metrou. El se afla doi metri mai încolo. L-am văzut lovind o femeie cu cotul în piept. Și-a cerut scuze, însă văzusem foarte clar. O lovise puternic și cu intenție. Privirea mi-a alunecat pe un puști curățel care părea foarte afectat de întâmplare. Am zâmbit când am realizat că tocmai fusese împiedicat să își aprovizioneze buzunarele cu conținutul poșetei ținută acum strâns de femeia lovită mai înainte.
Am coborât după el și l-am urmărit în timp ce el, la rândul lui, îl urmărea pe puștiul însoțit acum de un om de vreo 30 de ani. Ce a urmat nu își are locul în realitatea cu care ești obișnuit. Chiar acum m-am oprit din scris pentru un

minut și m-am plimbat prin cameră gândindu-mă dacă să scriu despre această întâmplare sau nu. Cred totuși că este relevantă pentru a înțelege personajul. Tocmai modul anormal în care percepe și acționează Ștefan, într-un total dezinteres față de ceea ce definesc ca uman în ei majoritatea oamenilor, este unul dintre motivele pentru care scriu această carte.
Într-un București cenușiu și aglomerat, Ștefan a găsit un spațiu între două blocuri în care cei doi erau nevăzuți de trecătorii care se aflau la câțiva metri mai departe. A trecut repede pe lângă om și i-a rupt piciorul stâng lovindu-l cu talpa în genunchi. În timp ce palma lui dreaptă îi astupa gura omului, înăbușind geamătul ce a urmat, a întins mâna stângă, aparent fără nici un efort, a apucat mâna dreaptă a puștiului și i-a rupt două degete. Apoi a mers mai departe ca și cum nu se întâmplase nimic.
Nu l-am urmărit. Știam unde îl voi găsi a doua zi. La birou ajutând pe cineva. Am rămas acolo uitându-mă fascinat la cele două ființe umane târându-se ca doi viermi în căutarea unui perete de care să se sprijine. Nu mi-a trecut prin cap nici pentru o secundă să îi ajut sau să cer ajutor. I-am privit hrănindu-mă cu durerea lor. Cel mai mult mi-a plăcut nedumerirea ce li se citea pe chip. Nu știau ce anume se întâmplase și de ce. Sunt sigur că în mintea lor exista doar întrebarea pe care și-o pune orice idiot care se consideră pe nedrept lovit de soartă: de ce eu?

A doua zi l-am urmărit făcând ceea ce făcea în fiecare zi. În timp ce îmi savuram paharul de lapte și croasantul, s-a așezat lângă mine. În acel moment am știut că mă văzuse urmărindu-l cu o zi înainte. Mi-a spus: Ești un om rău. Nu ai făcut nimic ca să îi ajuți pe oamenii aceia.
I-am răspuns că nu aveau nevoie de ajutor, însă el are. I-am explicat că nu mă refeream la violența de care dăduse dovadă, ci la faptul că trăiește într-un mediu nepotrivit. Îmi este clar că nu e fericit și l-aș putea ajuta. A înțeles că era o amenințare. Nu aveam de gând să las un mucos de copil să mă intimideze doar pentru că știa să rupă un picior. Ghinionul lui era că eu chiar eram un om rău dispus să pună capăt existenței nefericite pe care o avea.

A deschis palmele și le-a îndreptat spre mine. A fost un semn destul de clar că dorea doar să vorbească. Cred că amenințarea cu moartea pe care tocmai o formulasem l-a amuzat. A luat-o în serios, dar a considerat că nu reprezint un pericol pentru el.

Oricum, eram satisfăcut că pusesem piciorul în ușă. Urma să ajungă foarte curând la momentul în care avea să se întrebe: de ce eu? Deocamdată eram pentru el doar un subiect de studiu. El era același lucru pentru mine, doar că nu știa asta încă.

5
ȘTEFAN A ÎNCEPUT CLASA I

5 / Ștefan / A început clasa I

Sunt băiat mare. Mă duc la școală. Clasa I. O să învăț să citesc.
Am ghiozdan și abecedar și caiet și stilou cu cerneală și un măr.
Tovarășa învățătoare îmi spune Ștefănel când strigă catalogul și zâmbește și seamănă cu mama că mă încălzește când zâmbește.
Desenez bastonașe și cercuri. Cică așa învățăm să scriem. Dacă așa trebuie, așa fac. O să am răbdare și o să fac toate bastonașele pe care le vrea doamna învățătoare. O să învăț să scriu și apoi să citesc. Atunci o să înțeleg și eu mai mult din cărțile pe care le are mama.
Îmi place abecedarul. Are o hârtie fină. E vechi că a fost al altcuiva înainte. Dar are litere în el. Literele formează cuvinte. Cuvintele formează propoziții. Îmi bag mâna în ghiozdan și pipăi coperta. Îl trag afară și îmi strecor mâna printre pagini. Pot să simt literele ca și cum ar fi în relief. Așa le simt și la cărțile de acasă, însă acolo sunt foarte multe cuvinte și nu înțeleg nimic. Însă multe cuvinte înseamnă multe cunoștințe. Vreau să știu atât de multe cât știe mama. Și doamna învățătoare se pare că știe multe. Dacă sunt atent o să învăț tot ce știu ele și mai mult. Am răbdare. Aștept de mult timp să învăț să citesc.
În pauză ies în curte. Colegii mei râd și aleargă și se izbesc de cei mai mari. Nu e greu să observi regulile din curte. Ăștia mari le scapă câte una după ceafă sau îi apucă de gulerul de la haină și îi aruncă de la unul la altul pe cei mici. Aș face bine să fiu atent. Dacă mă ia vreunul la ochi și mă bate există riscul să mă murdăresc sau chiar să îmi rupă haina sau pantalonii. Ce mi-ar putea face băieții mai mari e nimic în comparație cu ce îmi iau acasă dacă se întâmplă ceva cu hainele mele.
Trebuie să învăț să o fac pe prostul și cu ăștia.

Nimeni nu știe că eu gândesc și visez și când merg pe stradă. Dacă fac un efort mai mare pot să schimb tot ce e în jurul meu și ochii mei să vadă ce vreau eu. Am făcut odată noapte în mijlocul zilei și am văzut stelele și luna. Nu pot încă să fac oameni, dar dacă învăț să scriu și să citesc poate o să reușesc. O să vorbesc cu ei și o să le spun să îmi povestească lucruri pe care nu le știu.

Uneori mă duc la bibliotecă și mângâi cotorul la câte o carte. Nu le scot că nu mă ajută. Știu că nu știu să citesc. Știu însă că durează să citești o carte. O văd pe mama care citește aceeași carte câteva zile le rând. Dar eu o să le citesc pe toate foarte repede că o să învăț și, atât timp cât totul se petrece la mine în cap, nimeni nu mă oprește.

Sunt acasă la masa din bucătărie și fac bastonașe în caiet. Până acum el nu mi-a zis nimic. De câteva zile m-a lăsat în pace. Nu e în toane bune. E posibil ca unul din colegii lui să fi aflat că o fute pe nevasta lui. Așa spuneau cele două vecine care bârfesc toată ziua la o cafea de la scara vecină. Dacă mă urc pe garajele de lângă bloc pot să aud ce vorbesc ele prin fereastra deschisă.
Nu înțeleg exact ce înseamnă cuvântul acesta fute, dar e ceva ce fac oamenii mari cu nevasta. Atunci când nu o faci cu nevasta ta nu e de bine și vii acasă de la birou fără să mai stai cu colegii la o bere.
Nu l-am simțit. Caietul s-a apropiat foarte repede de ochii mei când m-a lovit în cap și nasul mi s-a oprit în muchia de la birou. Sângele din nas s-a scurs pe caiet. Să vezi ce bătaie o să iau pentru sângele asta care a pătat foaia de hârtie.

Au trecut câteva ore. Am terminat aproape toate paginile din caiet făcând bastonașe. Paginile murdare de sânge sunt undeva pe la început și nu mai sunt importante. Nici pagina asta nu e bună. Pumnul pe care mi l-a tras în spate confirmă. Respir greu și înecat și mă pregătesc să o iau de la capăt. Mă dor degetele.
Oricum, încă e bine. Nu m-a lovit destul de des încât să încep să plâng sau destul de tare încât să leșin. O să îmi iasă mie și treaba asta cu bastonașeie.
Nu a mai venit de câteva pagini. Mă duc să vad ce se întâmplă. A adormit pe fotoliu. Îl zgâlțâi încet. Tata, hai la culcare! Îl duc până la pat, îl dezbrac de pantaloni și maieu și îl îmbrac în pantalonii de pijama și bluza de pijama. E întuneric, dar sper că am nimerit pantalonii și bluza care sunt la fel, altfel mă trezește mâine dimineața ca să îmi explice printre palme că sunt un prost.
În sfârșit este în pat și l-am învelit bine ca să nu îi fie frig. Dacă îi este frig răcește și stă acasă. Eu nu vreau să stea toată ziua acasă.
Stau lângă pat și îmi adun curajul. Îl mai zgâlțâi odată. Când deschide ochii îl întreb: Tata, te rog frumos, pot să mă duc să mă culc?

6
AUTORUL O CARTE?

A scrie o carte este o experienţă de viaţă prin ea însăşi.
Îmi aduc aminte vremea când, cu toate că citeam o carte pe zi, criticam perspectiva limitată pe care o are scriitorul, în general, pentru că acesta face o pauză de viaţă atunci când scrie. Era opinia mea că toate cărţile suferă de o perspectivă nu doar subiectivă, dar şi incompletă asupra realităţii. Autorul era un inadaptat prin însăşi alegerea modului în care îşi petrecea timpul: ieşind din viaţă pentru a descrie o experienţă personală, a altuia sau a transcrie un exerciţiu de imaginaţie.
Adevărul nu mai este atât de simplu acum.
Această carte a devenit parte din mine. O realitate în altă realitate. Fiecare pagină o am în minte cu săptămâni înainte de a o pune pe hârtie. O scriu în memorie, o corectez şi o modific de zeci de ori. E ca un scenariu de film cu singura diferenţă că eu sunt la mijloc şi fiecare durere a fiecărui personaj este şi durerea mea.
Atunci când îmi opresc mâinile pe tastatură şi încep să scriu, propoziţiile se înşiră una după alta urmând propria logică. Este un proces aproape plictisitor. Este ca şi cum aş explica ceva evident, atât de reale sunt acele cuvinte pentru mintea mea care le-a procesat zile în şir.
Rezultatul final este cu totul altceva decât ce mi s-a povestit. Unul din personaje a identificat un fragment ca fiind aproape opusul experienţei lui, atât de diferite sunt perspectivele noastre asupra a ceea ce s-a întâmplat.

Încerc să scriu în segmente mici ca şi cum aş scrie un blog. Modul acesta neşlefuit de a prezenta ideile este mai aproape de realitate. Încerc să cuprind secvenţe scurte de timp, întâmplări ce durează maxim câteva zile. Felii de viaţă.
Nu ies din viaţă în timp ce scriu. În aparenţă comportamentul meu nu s-a schimbat cu nimic. Încerc să scriu doar noaptea pentru ca timpul furat să

fie doar cel în care aș dormi. Însă în interiorul meu lucrurile se schimbă. O simt cum crește cu fiecare pagină. Capătă viața și devine autonomă. Cartea aceasta se hrănește cu mine și îmi este frică să nu pierd controlul.
Nu trebuie doar să fiu atent la rezultat. Trebuie să acord atenţie momentului inițial de creare a cuvântului. Daca voi reuși să scriu o carte frumoasă, energia pe care o împrumută de la mine îmi va fi întoarsă într-o formă sau alta. Daca nu, voi reuși doar să exorcizez demonii mei și ai altora. Mi-e teamă că golul lăsat odată ce o voi termina va rămâne acolo mult timp fără ca să îl pot înlocui cu altceva.

Destul despre frica și îndoielile mele. Nu ele sunt motivul pentru care încă mai citești.

7
STEFAN
CUM AM ÎNVĂȚAT SĂ ÎMI CONTROLEZ RESPIRAȚIA

Am în memorie fiecare centimetru pătrat din apartament. Nu doar pe lungime și lățime, ci și pe înălțime. Știu ce se află în fiecare centimetru cub de aer din apartament. Știu exact spațiul pe care îl ocupă fotoliul în care își citește ziarul. Sunt doi pereți între noi, dar știu și când clipește. Simt compresia aerului când ziarul împăturit este pus pe spătarul fotoliului. Volumul de aer dislocat de corpul lui, în timp ce se îndreaptă spre camera în care sunt, este smuls direct din stomacul meu. Am devenit atât de sensibil la prezența lui încât pot să spun în orice secundă la ce distanță se află de mine în milimetri.

Tatăl meu este un perfecționist. În mulții ani de când interacționăm și-a dezvoltat un set întreg de proceduri. Fiecare acțiune a mea care îl nemulțumește beneficiază de o sancțiune specifică.

Acum sunt în clasa a 2-a și am mai crescut. M-am mai înălțat puțin. A crescut și el. A învățat să îmi citească reacțiile. S-a lămurit că limita mea de a suporta durerea este foarte ridicată.

Cel puțin o dată pe zi mă bate până îmi pierd cunoștința. A învățat și el să lovească ca lumea, fără să îmi lase urme vizibile. Stomacul este zona lui favorită. La fel și spatele, dar trebuie să am grijă să îmi protejez zona rinichilor. Mai bine zis trebuia, pentru că acum evită să mă lovească acolo. Îmi pierd cunoștința imediat și se pare că nu îl mulțumește acest lucru. Dorește să dirijeze întregul concert, nu doar să facă o încălzire cu orchestra.

E ca un dans. Pot să fac doar două lucruri: să găsesc motive acceptabile pentru el să întârzie bătaia sau să arăt că mă doare foarte tare, dar nu prea devreme. Dacă i se pare că încep să arăt durere prea devreme consideră că mă prefac și își dublează numărul loviturilor. Și mai trebuie să am grijă unde anume în spațiu se afla catarama de la curea. Există lucruri cu care nu dorești să intri în contact.

A doua bătaie zilnică e o confirmare a faptului că el e șeful. Este bătaia surpriză. Am învățat să nu mă feresc și să nu îmi las reflexele să preia controlul. Orice lovitură ratată îl înfurie și mă costă. Alte prilejuri de a aplica metodele lui de educație favorite sunt: o scamă pe covor, temperatura nepotrivită a mâncării, modul în care îmi sunt împăturite hainele sau aranjați pantofii, faptul că am îndrăznit să iau o notă de nouă la școală sau poate simplul fapt că exist.

Ora 4 p.m. este ora la care el ajunge acasă. După această oră începe lunga așteptare a momentului în care pleacă la serviciu dimineața. Știu că urmează să îmi verifice temele care niciodată nu sunt perfecte. Și apoi începe dansul. Mai mănâncă ceva, mă mai lovește puțin. Citește ziarul, mă mai lovește puțin. Culege o scamă de pe covor, mă mai lovește puțin. Corpul meu mă ajută. A început să simtă ce parte a lui va fi lovită în următoarele 10 de secunde și încearcă să o amorțească trimițând sângele de acolo în alte părți ale corpului.
Preludiul îl constituie somnul meu de după amiază. Când vine el de la serviciu, eu dorm. Chiar dacă nu mi-e somn, pentru că frica face ca tot timpul să am șira spinării ca și cum ar fi învelită în gheață, mă prefac că dorm. Nu îmi e frică de ce urmează pentru că de acum m-am obișnuit. Frica este legată de ce se poate întâmpla dacă este nemulțumit de modul în care reacționez. Dacă plâng prea mult sau prea puțin, dacă mă feresc prea evident sau dacă toate astea îl vor determina să nu țină cureaua de capătul cu catarama. Catarama este un lucru de care să mă feresc. Când ajungem la catarama înseamnă că e supărat, iar marginea de la catarama intră adânc în carne și doare chiar și o săptămână.

Îmi golesc mintea de orice gând și mă concentrez pe modul în care respir. Fiecare inspirație și expirație trebuie să fie perfectă.

Îl simt cum se apropie. Își trage un scaun la marginea patului. Se așează. Se apleacă și respiră la nici cinci centimetri de fața mea. Așteaptă. Așteaptă să greșesc. Să inspir cu o fracțiune de secundă mai mult sau mai puțin decât înainte. Să expir puțin tremurat sau să mi se încordeze mușchii feței prea mult când o fac. Știu când am greșit. Simt curenții de aer creați de zâmbetul care îi acoperă fața în timp ce palma lui coboară grea peste capul meu. Pentru câteva secunde surzesc. Îmi vine să urlu și să vomit în același timp. Patul capătă o imaterialitate care îmi permite să simt parchetul ca și cum capul meu s-ar izbi direct de podea.

Vocea lui calmă se aude: ți-ai făcut temele? Știu că pentru cel puțin 30 de minute am scăpat și în mintea mea îmi spun înciudat că trebuie să învăț să îmi controlez respirația mai bine și mai bine până în ziua când mă va lăsa să dorm și va aștepta să mă trezesc ca să mă întrebe dacă mi-am făcut temele.

8
AUTORUL O CARTE, DIN NOU

Stau pe un fotoliu într-o librărie. În fața mea sunt doar rafturi de cărți. Unul din visele mele frumoase: să fiu înconjurat de cărți. Oamenii care se uită la cărți sunt niște musafiri nepoftiți în lumea mea. Sufletele lor simt asta și toți pleacă grăbiți, probabil convinși că au altceva mai bun de făcut pentru ziua de azi.
Doar eu și cărțile. Așa a fost întotdeauna. Intimitatea creată de lumina lunii și paginile de abia vizibile ale cărților au fost pentru mult timp singura formă de fericire pe care am cunoscut-o. În acele vremuri în care lumea era nefericită pentru că se oprea curentul electric toată noaptea, eu zâmbeam fericit. Era liniște și întunericul îi trimitea pe toți la somn. Eu mă strecuram pe balcon cu o carte strânsă la piept. Frigul de afară dispărea după câteva clipe.

Sunt multe cărți. Vreau să mai adaug și eu una pe aceste rafturi. Nu îmi fac griji referitor la succesul pe care îl va avea. E puțin relevant în acest moment. Motivul inițial pentru existența a ceea ce citești tu acum a fost lista mea de lucruri pe care vreau să le fac într-o viață.
Acum însă a devenit o luptă între cel ce sunt și cel ce îmi doresc să fiu. Atât timp cât nu sunt oameni în jur pe care să îi facă să sufere, el, cel care sunt, mă lasă să fiu cel ce îmi doresc să fiu. Sper ca orgoliul lui să considere a scrie o carte drept ceva necesar. Astfel se va identifica cu procesul de creație și se va consuma cu fiecare pagină scrisă. O va face probabil pentru că o carte îi poate oferi o formă de nemurire imposibil de atins din interiorul corpului meu ce se deteriorează rapid.
Este un exorcism voluntar. Va lua tot ce poate lua din mine când va pleca. Pentru cel ce voi rămâne în urmă tu, cititorule, vei fi doar un trecător căruia îi voi zâmbi. Vei fi mai important decât această carte ce este acum parte din mine.

Până acum și poate pentru mai puțin de un an din acest moment, viața mea a stat și stă sub semnul unui sentiment frumos. Modul în care percep lumea datorită lui nu îmi oferă doar o satisfacție estetică. Nu. Nu este vorba aici despre dragoste.

Pentru cel ce sunt ura este un sentiment foarte frumos. Modul în care îmi urăsc semenii este mult mai complet decât dragostea, bucuria sau alte sentimente pe care tu le consideri demne de a fi trăite.

Îți voi spune doar că eu îl văd, miros, aud, ating. Expir aerul pe care îl inspiră pentru a deveni una cu plămânii lui. Inspir aerul pe care îl expiră pentru a ști cât din mine a rămas în el. Dorințele și visele lui sunt realitatea mea. Viața celui ce constituie obiectul urii mele este mult mai importantă decât a mea. Nu există durere mai mare decât dispariția celui pe care îl urăști.

9
ȘTEFAN
VIAȚA LA ȚARĂ

Fugim râzând spre gard. Va trebui să îl sărim folosind doar o mână pentru că cealaltă mână ține tricoul suflecat și plin cu cireșe. Este exact așa cum citisem în Amintiri din Copilărie numai că pe mine și pe vărul meu ne urmărește nea Vasile care e supărat pentru că îi furăm cireșele, dar și mai mult pentru că l-am deranjat de la țuiculița lui de după masa de prânz.
Vacanța asta a început bine. Plănuisem totul încă de anul trecut. Cireșele erau pentru schimb. Vecinul din capătul satului are un cireș mare care face cireșe albe. Nu știu de ce le spune toată lumea cireșe albe că ele sunt galbene de fapt. Cireșe albe pentru cireșe roșii. Negoț cu băiatul vecinului. Ne-a promis și că ne lasă să călărim berbecul dacă mergem într-o zi cu el pe câmp. Vara, berbecul și cele trei oi sunt în grija lui și îi este urât singur. Iarna animalele sunt trimise la stână.
După amiaza târziu, după ce soarele s-a ascuns după casă, mâncăm cireșe la umbra nucului.

Acum suntem cu mamaie în grădina de peste drum și o ajutăm la cules de goldane.
Mamaia este o femeie mică și îndesată. Se trezește în fiecare zi înainte de răsăritul soarelui, dă de mâncare la animale și ne încălzește laptele de vacă pe care îl mâncăm cu mămăliga rece rămasă din seara trecută. Are pielea foarte albă. Îmi aduc aminte poveștile pe care le spune bunicul atunci când stau seara la o cană de vin fiert cu vecinii și cred că noi am adormit. Cum bunica fusese adoptată de o boieroaică fără copii de prin părțile Timișoarei. Iar bunicul o plăcuse și o furase de la boieroaică pe vremea foametei din anii `50. Bunica nu avusese nimic împotrivă și îl urmase în lungul drum de-a curmezișul țării. Se stabiliseră în acest sat din Moldova în care ne aflam acum și își construiseră o viață cu multă muncă și sacrificii.
Pe rând ne strecurăm în vie unde știm noi cei câțiva araci cu struguri de vară care s-au copt. Mamaia știe, dar ne lasă în pace. Strugurii au gust mai bun așa decât dacă ne-ar fi dat voie. Cu căruciorul în care se află coșul cu goldane și cu câțiva struguri deasupra urcăm panta și ne pregătim să trecem strada. O femeie se uită la coș si spune: vecină, ce poftă mi-ar fi și mie de un strugure.

Mamaia se uită cu privirea ei aprigă pe care o are pentru noi atunci când uităm să dăm de mâncare la iepuri și îi răspunde: Ți-a fi da-ți trece!

25 de bani. Asta va câștiga unul dintre noi după ce 30 de mașini din județul pe care și l-a ales vor trece pe drumul național. Stăm pe bancă și numărăm mașini. E cald. Noroc ca nu a vrut mamaie să fie tăiat nucul de la poartă că nu mai aveam pic de umbră acum. Indiferent cine câștigă, banii se vor duce pe eugenii la magazinul cooperativei și le vom împărți egal. Câștigătorul însă va fi cel care va trânti triumfător banii pe tejghea.

Astăzi am stat toată ziua la vecinul. Noi și băiatul lui ne-am distrat de minune făcând de toate. Am făcut curățenie prin curte, am dat de mâncare la animale. Vecinul m-a lăsat pe mine să tai două găini. Nu e mare brânză. Nu m-am speriat când am văzut sânge cum probabil se așteptau. Acum stăm la umbră și așteptăm mâncarea.
Bucătăria de vară a vecinului e doar o bucată din curte acoperită care se află între două clădiri. Îmi place că prin mijlocul suprafeței pe care a fost turnat ciment a fost lăsat un canal pe unde se scurge apa de la spălat vase sau de la ploaie. Dăm drumul la robinet și facem concurs cu bărcuțe din hârtie.
A mai rămas de făcut după masă doar curățenie la animale. După ce am terminat, am început să ducem gunoiul adunat cu roaba pe bărăgan la groapa de gunoi.
Mamaia ne căuta deja de câteva ore și a venit gâfâind când ne-a văzut. A început să urle la vecinul că dacă are nevoie de argați să își plătească oameni și nu să îi folosească pe nepoții ei. Vecinul a strigat la mamaie: Lasă fă să muncească, că doar le-am dat să mănânce.

Mă uit acum în urmă, după atâția ani și îmi dau seama că atunci am văzut-o pe bunica plecând capul umilită pentru singura dată în viața ei. Toată viața ei a muncit pentru ca nouă să ne fie bine. Faptul că nepoții ei munceau pentru mâncare, atunci când nu era nevoie de asta, pentru că ea le putea oferi tot ce își doreau, a fost de nesuportat.
Nu a vorbit cu noi toată seara.

10
ANDREEA
CÂND
MAMA
NU ESTE
ACASĂ -
ANUL 1

Calc pe tivul fustei, mă împiedic și cad peste Ioana. Ne rostogolim printre râsete peste rochiile mamei. Simt forma unui pantof apăsându-mă în spate, dar nu îi dau importanță. Mama mea și părinții ei sunt plecați la niște prieteni. Discută despre plecat în Turcia și despre adus marfă pe care să o vândă aici. Haine, aur si altele. În ultima vreme doar despre asta vorbesc. Democrația înseamnă oportunități, iar oamenii deștepți trebuie să profite, spune tatăl ei.
Oricum, vor lipsi până după amiază. Avem timp să probăm rochii, să folosim trusa de machiaj a mamei și să ascultăm muzica tare.

De când ne-am mutat în cartierul acesta nu mi-am mai văzut foștii prieteni. Am rămas doar eu și Ioana. Ea stă acum mai aproape de mine decât stăteam înainte. Ne vedem tot timpul pentru că părinții ei sunt tot timpul plecați și de cele mai multe ori preferă să doarmă la noi. Și mie mi-ar fi frică să stau singură tot timpul.

Ne-am jucat toată ziua. Am probat tot ce era prin dulap, am obosit și am adormit printre rochii. Când a venit mama, ne-a luat în brațe pe rând și ne-a dus în pat. Nu s-a supărat pentru dezordinea pe care am făcut-o. În schimb, ne-a cumpărat la fiecare câte o trusă de machiaj ca să nu o mai folosim pe a ei.

11
ȘTEFAN NEBUNUL

11 / Ştefan / Nebunul

Mă mănâncă pielea de pe faţă îngrozitor. Nu pot să mă scarpin şi îmi vine să plâng. Nu mă pot hotărî dacă să stau cu ochii închişi sau deschişi. Dacă îi ţin prea mult închişi pielea de pe pleoape se usucă şi, când deschid ochii, mă doare. Îmi simt obrajii când reci ca gheaţa, când fierbinţi. Parcă nici spray-ul cu Bioxiteracor nu mai are nici un efect.

Nebunul îi spun copiii. Stă la blocul vecin. De două zile şi-a făcut o pocnitoare cu un injector de maşină. Toţi ne facem aşa ceva, dar numai iarna şi avem grijă când le folosim. Lui i s-a părut amuzant să facă asta într-o zi de vară şi să încerce să mă sperie. Nu am crezut că o să îl folosească. Mi-a explodat în faţă şi mi-a ars toată pielea pe obraji şi pe nas. A fugit râzând în timp ce eu am rămas în mijlocul parcării, încă nevenindu-mi să cred că a făcut asta.

Aş da orice acum ca să pot să mă scarpin. Toată lumea e afară la joacă şi eu stau în casă. Nici nu pot să mă supăr pe el că ştiu că e un prost.
A trecut o săptămână. Acum pot să ies din nou afară. L-am văzut. Nebunul stă pe masa de tenis de la bloc şi râde. Arată cu degetul spre mine şi râde şi mai tare. Nu o să îi dau atenţie că nu merită. O să mă duc la ştrand nu pentru că aş vrea să mă duc, ci pentru că este în direcţia opusă locului unde stă el şi cei care se amuză la glumele lui.
Aud paşi în spatele meu şi o voce care strigă: Ce faci bă, nu vorbeşti cu mine?
M-am întors şi l-am văzut, apoi am simţit că ameţesc şi nu am mai văzut nimic. Aud voci în depărtare care se apropie foarte repede. E o femeie care strigă: nu mai da că îl omori. O recunosc. E mama Nebunului. Mă uit la ea mai atent. Cu mine vorbeşte. Nebunul e pe jos la picioarele mele şi se ţine cu mâinile de burtă. Eu am făcut asta. Înseamnă că m-am enervat atât de tare încât l-am bătut.

Acum ar fi un moment bun să o iau la fugă. Mă uit la Nebunul din nou. Va trebui să termin ce am început. Dacă nu îl domolesc de tot acum va veni din nou după mine. Îmi fac vânt și îl lovesc cu piciorul în coaste o dată și încă o dată. Mama lui urlă. Eu mă întorc și plec mergând încet. Aș vrea să o rup la fugă, dar trebuie să le arăt că nu îmi este frică. Îmi mușc limba puternic. Gustul sângelui îmi face bine.

Copiii de vârsta mea au memoria scurtă, dar cel puţin pentru o perioadă nimeni nu va mai râde de mine. Acum eu sunt Nebunul.

12 AUTORUL NEBUNUL — VARIANTĂ POSIBILA

12 / Autorul / Nebunul - variantă posibilă

Într-o dimineață friguroasă de decembrie, Ștefan mi-a povestit despre Nebun. Mi-a povestit întâmplarea pe un ton impersonal. Era doar ceva ce se întâmplase cu mult timp în urmă. Nu avusese altă urmare pentru el decât mica cicatrice de pe față. Mi-am făcut o notă în minte despre acest moment. L-am definit ca unul din acele momente în care am pierdut timpul ascultând ceva inutil. Ascultatul a fost necesar în ansamblu pentru a construi încredere și a îl determina să spună lucruri mai interesante.

Pentru că mintea mea nu îmi dădea pace și aș fi vrut să știu ce s-a întâmplat cu acel copil, am fost pentru câteva zile în orașul în care se născuse Ștefan. Am întrebat pe cei care locuiseră în acea zonă atunci. Nebunul murise cu ani în urmă. Nu își mai aducea aminte nimeni de el, în afară de câțiva pensionari care jucau șah în fața blocului în care se născuse. Terminase liceul și se angajase controlor pe autobuz. Nu se căsătorise și nu avusese copii. A locuit cu mama lui și atât.
Bineînțeles că oamenii bârfeau. Foamea de a trăi viața celorlalți este unul din stigmatele vremurilor în care trăim. Despre el nu era nimic special de spus, dar tot găseam câte un crâmpei de informație ici și colo. Certuri zilnice cu mama lui, beții, scandaluri și nopți petrecute în arest. Ce mi-a atras atenția a fost mențiunea că avea probleme de respirație. Colegii lui își aduceau aminte de asta. De la ei am aflat și cum a trecut dincolo. Un accident stupid. Într-un autobuz plin de oameni, cineva l-a lovit din greșeală cu cotul în coaste. Ceva s-a rupt. Nimeni nu și-a dat seama ce se întâmplă. A sângerat intern și a murit în picioare. Și-au dat seama prea târziu că bețivul înghesuit în spațiul din spatele ușii autobuzului nu e adormit.
Am bătut la ușa mamei lui. Mi-a deschis. Nu m-a întrebat nimic. A crezut probabil că sunt de la gaze sau de la vreun partid în campanie electorală. Un apartament curat și lipsit de aproape orice. Nici măcar un televizor. Probabil fusese vândut ca orice altceva ce ar fi putut fi transformat în bani.

Am întrebat-o de băiatul ei și mi-a spus că a murit. Fusese un copil bolnăvicios spunea. Îl slăbiseră bolile copilăriei. Instinctiv își ducea mâinile în dreptul burții și apăsa ușor. Probabil atunci când aflase de moartea copilului ei simțise o durere puternică în pântece. În timp gestul acela devenise singurul lucru care îi domolea durerea.
Mintea care se ascunsese in spatele ochilor ei fără viață acum nu mai exista de mult. Am ascultat vocea ei un timp apoi am plecat.

Ștefan îl lovise cu brutalitate. O lovitură de picior în zona coastelor poate produce o factură. În aceeași perioadă nebunul s-a îmbolnăvit. Este posibil să fi stat în pat aproape o săptămână. În tot acel timp, faptul că se plângea că îl doare pieptul ar fi fost pus pe seama bolii. Coasta sau coastele fracturate în urma loviturilor s-au vindecat însă nu complet și poate oasele nu s-au lipit exact la locul lor. O altă lovitură puternică în aceeași zonă ar fi putut termina ce fusese început cu ani în urmă.

O lună mai târziu, discutând despre același subiect, i-am explicat lui Ștefan că este posibil ca el chiar să fie un ucigaș în viața reală și nu doar în mintea lui. Era o lecție de care avea nevoie. Îi era ușor să creadă că este capabil de orice. Era în ultima esență un om normal crescut în condiții deosebite. Avea un potențial de violență ridicat, dar nu era capabil de a ucide.

Pe chipul lui se citea că începuse să îl cuprindă îndoiala. I-am adus aminte că avem o înțelegere. I-am spus de la început că nu sunt un om bun așa cum definește el asta și că a acceptat să vorbesc în numele lui. Era adevărat ce spuneam eu. L-am ținut de mână în timp ce lăsa pe zăpada din parc tot ce mâncase în acea dimineață.
Sentimentul de vinovăție este un sentiment minunat. Mi-a făcut plăcere să fiu lângă el atunci și să simt ce simțea el. Niciodată nu am avut vreo preferință pentru sentimente bune sau rele. Ce contează este puterea lor și modul în care afectează ființele umane.

13
ȘTEFAN UNDE ÎMI SUNT RIDICHILE?

13 / Ştefan / Unde îmi sunt ridichile?

A început să îmi transpire palma. Apăs încet, iar geamul de la vitrina magazinului se mai mișcă cu un milimetru.
E ziua mamei mele astăzi și vreau să îi fac un cadou. Am ieșit să cumpăr ridichi. Este ora trei și la patru vin amândoi acasă de la serviciu. Trebuie să iau un cadou mamei pentru că trebuie să îi mulţumesc. A hotărât să divorţeze. Știu cât de greu îi este, dar o să fie mai ușor mai târziu.
Trebuie să îi mulţumesc pentru că de aproape două luni el nu m-a mai lovit nici măcar o dată. Se comportă frumos pentru că se pare că acum sunt destul de mare ca să hotărăsc cu ce părinte vreau să rămân. Am auzit ce vorbea mama cu o vecină. Îi e frică că va trebui să plătească pensie alimentară.
M-a luat deoparte și m-a întrebat. Am minţit că o să rămân cu el. Doar nu eram nebun să spun altceva! Oare chiar se gândește că o să rămân cu el?

Aștept ca vânzătoarea de la librărie să se întoarcă spre rafturi atunci când un copil o întreabă ceva și mai împing puţin geamul de la vitrină. Am văzut maimuţoiul de pluș de câteva zile și m-am tot gândit cum să fac rost de niște bani. Nu am reușit așa că acum o să îl fur. Știu că nu e frumos ce fac, însă am nevoie de el pentru mama.
Timpul se scurge foarte încet. Ies din librărie și mă plimb pe trotuar. Nu vreau să stau prea mult lângă vitrină ca să nu dau de bănuit. Am cumpărat două legături de ridichi și m-am întors. Acum am și o pungă în care o să îl ascund după ce îl iau.
O doamnă îi cere vânzătoarei să îi arate un atlas de geografie. Încep să se uite amândouă în el. Acum ar fi un moment bun. Geamul mai trebuie împins încă puţin. Îmi strecor mâna pe lângă geam și simt maimuţoiul de pluș moale între degetele mele. Îl apuc strâns și îl trag afară. În timp ce îl bag în pungă am senzaţia că foșnește îngrozitor. De fapt, nimeni nu mă aude și mă îndrept spre ieșire.

Acasă. Trebuie să ajung acasă repede. Am ajuns la trecerea de pietoni. Aud cum îmi striga cineva numele. M-au prins! O iau la fugă către celălalt trotuar. Nu îi pot lăsa să mă prindă acum. Trebuie să fug și să ajung acasă ca să împachetez cadoul pentru mama.

Mă opresc în mijlocul străzii și zâmbesc în timp ce mă întorc spre locul de unde s-a auzit vocea care m-a strigat. Prost mai sunt! Nu m-a prins nimeni. Vânzătoarea nu avea de unde să știe care este numele meu. M-a strigat cineva care mă cunoaște.
Nu apuc să văd cine este. Aud zgomotul pe care îl face o mașină care pune frână și o umbră uriașă acoperă strada în stânga mea. Îmi dau seama ca e o mașină de salvare de la armată așa cum are tata la serviciu, apoi nu mai văd nimic.

Deschid ochii. Sunt într-o mașină întins pe spate. Este o salvare. Știu pentru că am văzut una la tata la serviciu și m-au lăsat soldații să mă joc în ea. Lângă mine plânge un bărbat tânăr. Îl ascult ca să văd de ce plânge. Spune că s-a nenorocit. Că nu l-a văzut și că l-a omorât. Copilul e mort și el s-a nenorocit pe viață. Pușcăria îl așteaptă. Înseamnă că a făcut el ceva rău și un copil a murit din cauza lui. Probabil că merită să intre în pușcărie pentru asta.

Mă ridic încet și mă srijin în coate. Acum pot să văd mai bine ce se întâmplă în mașină. Între degetele încleștate de la mâna dreaptă am doar mânerul de la pungă. Maimuțoiul meu pentru mama nu e nicăieri. Încep să îmi aduc aminte. Librărie. Cineva care a strigat: Ștefan. Trecere de pietoni. Salvare. Mă doare capul.
Despre mine vorbește soldatul din mașină. Numai că eu nu sunt mort deloc. Încerc să vorbesc și nu reușesc decât să hârâi răgușit. La auzul zgomotului, soldatul ridică capul pe care îl ținea între mâini și se uită la mine cu gura căscată. În lumina difuză din mașină fața lui devine albă ca o foaie de hârtie.
În sfârșit simt că pot să vorbesc și îl întreb: unde îmi sunt ridichile?

14
ANDREEA CÂND MAMA NU ESTE ACASĂ – ANUL 7

14 / Andreea / Când mama nu este acasă - anul 7

Mă trezesc și mirosul aerului mă face să vomit. Îmi acopăr gura cu mâna și fug la baie. Iarăși Ioana a fumat în bucătărie toată noaptea și nu a închis ușa. De data asta o să îi spun serios să își mai ducă prietenul și la ea acasă. Amândouă suntem singure. Mama mea a plecat de o veșnicie în Italia la muncă. Părinții ei sunt în Germania. De fiecare dată când îi spun să doarmă la ea, se plânge că îi este frică să stea singură. Atunci de ce îl mai cară pe aiuritul acela după ea?

Deschid geamurile să aerisesc. Ușile dulapului sunt deschise. Bineînțeles că a plecat cu una din rochiile mele. E mai bine că își lasă rufele la spălat la mine. Măcar eu am grijă. Altfel ar umbla îmbrăcată ca un pui de bogdaproste toată ziua.

Rochiile mamei sunt într-o cutie pe dulap. Acum sunt înăuntru doar rochiile mele. Le scot și le întind peste tot, așa cum făceam când eram mică. Sunetul râsului meu și al Ioanei încă se reflectă ca un ecou slab în pereți.

Nu mai dorm la fel de bine cum dormeam atunci când eram mică. Aveam senzația că mă scufundam în pat și îmi era cald. Acum, oricât de mare ar fi patul, mă simt străină. Sunt prea mare ca să îmi mai fie dor de mama. Doar că această casă nu mai este acasă fără ea.

Simt o durere în coșul pieptului. Știu că o să încep să plâng. Nu o să îmi rezolve nevoia, dar măcar mă voi simți mai bine. Mâine dimineață o iau de la capăt. Trebuie să mă descurc singură și să merg înainte. Și să o conving pe Ioana să se lase de fumat.

15

ȘTEFAN O

ÎNGHEȚATĂ CU VANILIE

15 / Ştefan / O îngheţată cu vanilie

Zgomot. Mirosuri. Avocatul mamei cerând ca minorul să fie audiat separat. Oamenilor din sala de judecată le poţi citi sentimentele pe faţă. Furie, frică, lăcomie, disperare. Dacă faci suma comportamentelor lor, toţi arată ca nişte monştri.

Mi-am promis că nu voi mai intra într-un spital de când am fugit după accident. Doctorul îmi tot făcea injecţii când eu îi spuneam că nu am nevoie. Erau acolo oameni bolnavi care aveau mai multă nevoie de medicamente decât mine.
Nici pe bolnavi nu îi înţelegeam. Chiar dacă eşti bolnav, ar trebui să ai demnitate. Orice pionier ştie asta. Se gudură pe lângă doctori precum se gudurau puii de căţel pe care i-a făcut Liuba, căţeaua noastră, când apărea mamaia cu mâncarea. Doctorii ăştia sunt plătiţi să aibă grijă de bolnavi şi au depus şi jurământul lui Hipocrate. Ar trebui să trateze oamenii cu respect. Ştiu eu, că am citit despre asta.
Normal că am fugit din spital. După ce am apărut în ziar, în Steagul Roşu, că m-am născut a doua oară după accidentul de maşină, doctorul se comporta foarte frumos cu mine de câte ori venea mama în vizită. În rest, doar injecţii. Când vorbeam eu parcă nu mă auzea nimeni. Apoi am fost la spitalul militar unde un doctor foarte simpatic i-a spus mamei că nu am nevoie de injecţii şi că sunt bine.

Acum sunt într-o sală de judecată, îmi muşc limba pentru că mi-e frică şi îmi promit că nu voi mai intra într-un tribunal niciodată. Nu ştiu ce vor oamenii ăştia să spun şi mă gândesc că, dacă află tata că am fost aici, o să iasă urât. Sunt dus într-o cameră micuţă unde sunt doar eu, doamna judecătoare şi o grefieră. Judecătoarea este înaltă şi îmbrăcată în negru, dar nu mi-e frică de ea.

Îmi spune că îmi va pune o întrebare foarte serioasă și să fiu foarte atent cum voi răspunde. Începe să îmi placă de ea pentru că mă privește serios și așteaptă să răspund. Îmi spune Ștefan, dar nu cu tonul cu care i-ar vorbi unui copil. Îi spun că vreau să rămân cu mama.

Au trecut șase luni de când tata a plecat. Îl văd doar o dată pe lună acum, când vine în vizită și mă duce la cofetărie. Se comportă frumos și mă lasă să vorbesc. Nu cred că mă ascultă cu adevărat. Nu înțeleg de ce se obosește să își piardă o zi cu mine. Oare chiar își închipuie că nu țin minte decât ce s-a întâmplat ieri? Nu am uitat nimic, dar nici nu țin să știe asta.
Când a plecat, a luat aproape toată mobila din casă. Ne este foarte greu în perioada asta și mama este obosită. Îi spun în fiecare seară că o să trecem noi și peste asta. Cred că îi face bine.

În ziua în care el a plecat, ne-am așezat seara în bucătăria aproape goală și după ce a plâns mi-a spus ce vrea ea de la mine. Vrea să învăț. Asta dacă simt că vreau să învăț. Îmi spune că viitorul o să mi-l decid singur. Pot să ajung să lucrez la strung sau pot să ajung inginer sau doctor sau avocat. Ea mă va sprijini cu tot ce poate, însă va trebui să decid singur ce vreau și ea îmi va respecta decizia.
A venit primăvara și zilele trec foarte greu. Asta și poate pentru că îmi este tot timpul foame. Este o perioadă grea pentru noi, însă nimeni nu trebuie să știe asta. Nici măcar bunica. Ea ne aduce cozonac si piept de pui făcut la grătar când vine în vizită. Mama nu o lasă să se uite în frigider. Nici nu ar avea ce să vadă pentru că e gol.
E bun cozonacul pentru că nu prea avem bani de pâine. Când mă duc însă să cumpăr pâine, mama mă lasă să păstrez restul. Am strâns până acum 75 de bani. În curând o să am un leu și 25 de bani și o să pot să îmi cumpăr o înghețată cu vanilie.
Astăzi este ziua. A venit ziua în care voi mânca înghețată. Va trebui să merg până la strada mare. Toneta de înghețată este lângă librărie. Nu mai am răbdare să ocolesc terenul de joacă de lângă stradă. De obicei noi nu o luăm pe acolo

pentru că e terenul unui grup căruia nu îi plac vizitatorii. Am un coleg care a luat bătaie pentru că a vrut se să tragă într-un leagăn acolo. Însă acum mă gândesc doar la înghețata cu vanilie.
Aproape am trecut de teren când în față îmi apare un băiat. Știu că e unul dintre ei după zâmbetul răutăcios care îi acoperă jumătate de față. Nu spune nimic ci doar lasă umărul drept spre spate. O să mă lovească cu pumnul. Cred că m-am înfuriat foarte tare. Am făcut un pas spre stânga și i-am prins pumnul în palmă. Apoi am tras puternic în jos și s-a întâmplat ceva ciudat. Corpul lui a făcut o tumbă în aer și a căzut pe spate. Nu am mai stat pentru că am văzut cu coada ochiului că veneau și alții. Am luat-o la fugă si l-am auzit strigând: mâna mea. Sper că i-am rupt mâna. Altfel vor veni după mine. Dacă i-am rupt mâna îmi vor ști de frică.

Am cumpărat înghețata și am ajuns repede cu ea acasă. Vreau să o mănânc liniștit. Am trecut din nou pe terenul de joacă, dar nu mai era nimeni acolo. Înghețata este pe masă. Îmi iau un moment să mă uit la ea. Îmi este atât de poftă! Mă uit în continuare și nu pot să îmi mișc mâna ca să o iau de pe masă. Parcă sunt paralizat. Înghețata se topește sub ochii mei. Toată răceala ei a trecut în mine. Simt că am bucată de gheață în loc de creier. Palmele îmi sunt reci. Sângele care curge prin vasele de sânge de la încheietura mâinii este înghețat.
Nu știu cât timp a trecut de când stau așa. Acum pot să mă mișc. Am ridicat capacul de la găleata de gunoi și îl țin cu fața în jos lângă marginea mesei. Cu cealaltă mână trag balta de lichid galben de pe masă. Nu mă uit dacă va curge pe jos. Curăț masa cu palma și pun capacul pe găleată. Mă spăl pe mâini și ies din casa asta în care simt că mă sufoc.
Știu sigur că de azi înainte nu îmi va mai fi poftă de nimic niciodată.

16
AUTORUL ÎN CĂUTAREA FERICIRII

16 / Autorul / În căutarea fericirii

Ce poţi să înveţi pe cineva care ştie mai mult decât tine?

Este plăcut să fii în prezenţa cuiva faţă de care nu trebuie să te prefaci, i-am spus lui Ștefan. Stătea in faţa mea pe canapea și se uita cu coada ochiului la cărţile din bibliotecă. De aproape o lună vorbeam despre fericire. Despre fericirea ce înseamnă să faci totul pentru a obţine ce îţi dorești. Despre fericirea ce înseamnă să descoperi că tot ce ai este exact ceea ce îţi dorești. În realitate îmi testează limitele. Încearcă să provoace o confruntare. E sigur că va câștiga, dar vrea ca asta să se și întâmple. Ceva în el e stricat. Nu aş rezolva nimic explicându-i că nu vede pădurea din cauza copacilor. Are în faţa lui unul din puţinii oameni care îl înţelege și îl acceptă, iar el își dorește doar să îi demonstreze că el este mai bun, mai puternic, mai rapid. Nu pot să îl învăţ ceva nou, dar aş putea să îl dezvăţ de unele din obiceiurile proaste pe care le are.

M-am mişcat pe fotoliu aşezându-mă în aşa fel încât să am câţiva centimetri să mă retrag în momentul în care va începe și am lăsat discuţia să meargă în direcţia în care își dorea. Am văzut lovitura de picior în ultimul moment. Nu are chef de joacă. A lovit destul de puternic încât să îmi fractureze o coastă. Mda. Obiceiuri proaste.
Am început să îl lovesc afectând pe rând centrele nervoase necesare pentru lecţia de azi. În primele momente, când a observat că atacul meu urmărea doar să îl paralizeze, și-a împărţit atenţia între a se apăra și a învăţa din mișcările mele. Cam târziu pentru asta. A durat vreo jumătate de oră. Când am terminat corpul îi zvâcnea pe podea cu faţa strâmbată de durerea prin care trecea. Se scăpase pe el, dar nu cred că își dăduse seama de asta.

Acum nu mai am nimic de făcut decât să aştept. Ultimul candidat pe care îl testasem cu doi ani în urmă și-a mușcat limba și s-a înecat în propriul sânge pentru că maxilarul îi era blocat. Speram ca Ștefan să supravieţuias-

că pentru simplul motiv că acum stăteam într-un bloc plin de pensionari cu ochiul lipit de vizor zi și noapte. Orice în afară de mutatul mobilei era suspect pentru ei.
După ce și-a revenit s-a uitat la mine ca la cineva de la care dorea să învețe. I-am explicat că este o prostie. Nu am ce să îl învăț. Nu are nevoie să devină un bătăuș mai bun, ci un om mai bun. Iar asta nu se face printr-un proces de învățare. Se obține prin luarea unor decizii despre cum vrei să îți trăiești viața.

I-am explicat că ar putea să descopere mai mult despre el însuși modificând fundamental modul în care se raportează la ce este în jurul lui.
Să înțeleagă ca o ființă este un ecosistem închis atât fizic cât și mental. Că fantezia îți deschide mintea către orice, însă înțelegerea unei noțiuni o închide. Înțelegerea este doar o recunoaștere a existenței și este inutilă prin lipsa ei de materialitate în prezent. A ști mai mult este doar a ști mai mult.

Era timpul să se oprească din învățat și să înceapă să trăiască pentru a obține ceea ce își dorește de la viață acum. Să renunțe la a analiza fiecare gest, la a despărți conștientul de inconștient. Amândouă sunt seturi de relații predeterminate fundamentate pe un trecut. Tot comportamentul lui de până acum s-a bazat pe același trecut ca al celor față de care se consideră diferit. În încercarea lui de a fi altfel a uitat să fie doar un om.
Adevărata istorie este individuală, este povestea conștiinței, a ceea ce știi despre tine. Iar el nu știa destul despre el însuși.
Am continuat să vorbim în anul care a urmat. În unele zile părea să mă înțeleagă. Dar, în ziua următoare se comporta ca și cum uitase tot ce se întâmplase cu o zi înainte. Nu i-am ascuns că pentru mine el este doar inspirația pentru un personaj într-o carte și că sunt în continuare dezamăgit de tot ce face.

17
ȘTEFAN ÎN VIZITĂ LA TATA

17 / Ştefan / În vizită la tata

Zgomotul cuţitului lovind porţelanul farfuriei după ce a trecut prin friptura pe care o am în faţă îmi spune că lama nu este ascuţită. Asta nu mă împiedică să visez cu ochii deschişi.
Tatăl meu stă în faţa mea şi mestecă fericit. Un dublu eveniment pentru el. Pe de o parte îşi prezintă băiatul deştept şi cu ochi albaştri viitoarei lui soţii. Pe de altă parte o prezintă pe viitoarea lui soţie, Laura, deja însărcinată, spre aprobare băiatului lui. Cel puţin asta cred că este în mintea lui când ne zâmbeşte.
Laura este o doamnă drăguţă căreia îi place numele meu. Pare o femeie cu suflet bun şi face mâncare bună, dar eu mă uit la ea ca la o oaie care nu ştie că a intrat de bunăvoie în gura lupului.

Toate astea nu mă împiedică să visez cu ochii deschişi şi să îmi fac calcule. Timp. Distanţe. Eficienţă.
Timpul necesar pentru ca tălpile mele să fie bine înfipte în mocheta din bucătărie. Timp pentru a mă deplasa în jurul mesei. Timp pentru a pune cuţitul în poziţia corectă. Timp necesar pentru cuţit să îi despice gâtul dintr-o parte în cealaltă. Timp în care să îl aud horcăind şi să urmăresc cu zâmbetul pe buze cum se scurge viaţa din el. Timp ca să şterg urmele lăsate de mine, amprente de pe cuţit, furculiţă, clanţa de la uşă. Timp ca să ajung la cinema să îmi cumpăr bilet şi să intru la filmul început de o oră şi pe care l-am mai văzut o dată înainte.
Distanţa dintre tălpile mele şi podea. Distanţa optimă dintre corpul meu şi colţul mesei, apoi dintre muchia mesei şi scaunul lui pentru a o obţine cel mai bun timp. Distanţa la care va trebui să ţin cuţitul departe de corpul meu ca să nu mă stropească sângele. Distanţa pe care o am de parcurs pentru a şterge urmele şi a ieşi pe uşă, inclusiv acele trasee pe care le voi parcurge de mai multe ori. Distanţa până la cinema. Distanţa la care va trebui să stau de ghişeu pentru ca vânzătoarea să nu îmi vadă bine faţa.

Eficiența mișcărilor mele în raport cu reflexele lui. Cât de ascuțită este lama cuțitului. Cât de bună este priza pe care o vor face șosetele cu mocheta ca să nu alunec. Distanța maximă la care va trebui să țin cuțitul de corpul meu pentru a nu îmi întinde mușchii atât de mult încât să pierd din forța mișcării. Cât de adânc să tai ca să nu moară imediat. Să am timp să îi spun de ce moare. Să știe că moartea lui este o acțiune preventivă, de eliminare a unui organism bolnav, nu pentru ce mi-a făcut mie, cât pentru ce se pregătește să facă altora. Cât de bine să mă prefac îndurerat când vom afla oficial de teribila întâmplare. Cum să o fac pe prostul în cazul în care cineva m-ar suspecta pe mine.
E un vis frumos.

Masa s-a terminat. Laura a plecat la ea acasă. Eu mă uit la televizor, iar tata s-a dus în dormitor să tragă un pui de somn. Stau într-un colț de canapea atent să nu deranjez cuvertura. Acum nu m-ar lovi dacă aș deranja ceva, dar ar ofta plin de regret.
Mă uit la vitrina în care se află un cuțit de vânătoare. Pun pariu că acela este ascuțit bine. Împing încet geamul vitrinei și scot cuțitul. Îl cântăresc în palmă. Este greu, dar pot să apuc mânerul destul de bine.
Mă îndrept spre dormitor și mă opresc lângă pat. Îi ascult respirațiile regulate așa cum mi le asculta și el mie cu câțiva ani în urmă. Mă uit la vasul de sânge care îi pulsează pe gât ca și cum lichidul din interior arde de nerăbdare să fie eliberat. Degetele mi s-au albit pe mânerul cuțitului. Visul meu este atât de aproape de a deveni realitate. Cu siguranță ce simt acum este fericire.

Nu merită. Nu aș putea să îmi iert niciodată că l-am scutit de suferința viitoare. Vreau să trăiască mult și să îmbătrânească urât și singur. Vreau să sufere. Am pus cuțitul înapoi în vitrină. Voi înceta să mai vin în vizită chiar dacă are dreptul legal la asta. Să își trăiască viața cum vrea el. Eu o să mi-o trăiesc așa cum vreau eu.
În drum spre ușă, am cules o scamă de pe covor.

18
ANDREEA YOU TOLD ME S'AGAPO

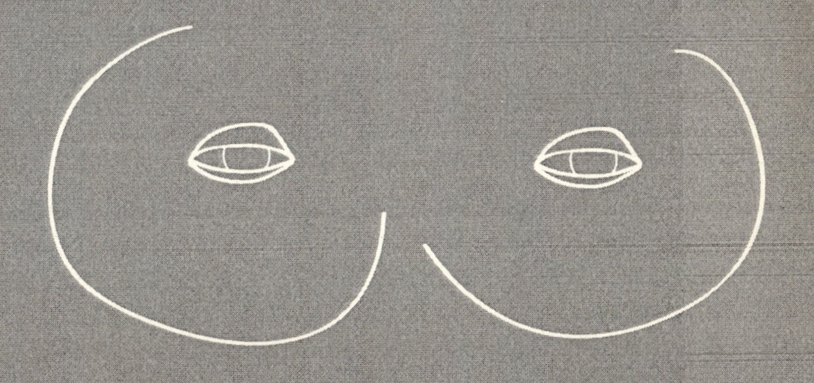

Zgomotul din metrou mă asurzește. Probabil că acest lucru îmi afectează într-o oarecare măsura centrul echilibrului din urechea internă. Mă simt amețită. De obicei acord atenție mai multă oamenilor din metrou. Chiar și celor care găsesc mai important peretele tunelului decât semenii din aceeași specie.
Orele de curs la ASE au fost astăzi pe cât de plictisitoare era posibil până la acel punct în care îmi doream să arunc cu rucsacul în capul idiotului de asistent universitar. Omul acela nu are nici o legătură cu mediul universitar. Este genul de politruc care nu a trecut încă de perioada de pubertate mentală, după cum vorbește, și nici de cea fizică, după coșurile care îi înfrumusețează fața. Până și timpul pe care îl petrec formulând aceste gânduri este o risipă.
Închid ochii si mă strâng la pieptul lui Alex. Îmi lipesc fruntea de umărul lui și apăs răsucindu-mi capul. Mișcarea mea îi îndepărtează cămașa și tâmpla mea dreaptă se lipește de pielea lui. Astfel o să simtă fierbințeala care mi-a cuprins tâmplele și apoi tot capul. Sfârcurile mi se întăresc în timp ce sânii mei se freacă în legănatul vagonului de cămașa lui Alex. Nu port sutien, iar cămașa mea de in nu ajută. Am sânii frumoși. Rotunzi, mari, cu sfârcuri obraznice.

In mijlocul vagonului stă un bărbat cu șapcă. Ține mâinile la spate ca un general care inspectează trupele. Își păstrează echilibrul fără să se țină de bara de susținere și se uită la mine cu un mic zâmbet răsărind în colțul gurii. Mă gândesc că într-o lume normală ar trebui să îi zâmbesc înapoi. Nu apuc să o fac pentru că simt privirea lui coborând pe sânii mei. Dacă ar fi vrut un zâmbet, nu îl va găsi acolo.
Sunt obișnuită cu bărbați care fac asta. Unii de abia își pot controla gândurile și îi vezi cum încep să saliveze. Au și de ce. Știu că sunt frumoasă. Acesta nu este cu nimic mai deosebit decât alții. Are ochii albaștri. În timp ce mă uit în ochii lui aud o melodie. Fredonează destul de tare fără să îl

intereseze dacă deranjează pe cineva. Asta mai rar. Un om care fredonează în metrou fără să îi pese că este auzit. Fredonează You told me s'agapo. În timp ce îl urmăresc cu coada ochiului, bărbatul și-a scos ochelarii și ochii lui au devenit deodată gri. Primul impuls a fost să mă gândesc la tristețe. Nu este asta. Sunt niște ochi goi în care nu se citește nimic. Nu este nimic uman în ei.

Nu este nimic de văzut așa că gândurile mele se întorc la Alex. Iubitul meu. Este un bărbat așa cum am știut că îmi doresc de când am terminat liceul. Când eram în liceu, majoritatea colegilor mei se manifestau ca și cum, în mod voluntar, ar fi acceptat o lobotomie. Nu știu dacă era ceva temporar. Unii arătau atât de fericiţi încât este posibil să fi solicitat acest beneficiu pentru toată durata vieţii. Lipsa de maturitate a băieţilor era mai mult decât o stare de spirit. Toţi erau nişte viteji când era vorba de cât de buni ar fi fost ei pentru o fată ca mine.

În seara banchetului de clasa XII-a am făcut singurul lucru pe care am crezut că îl voi regreta vreodată. Timpul mi-a dovedit că toate gesturile noastre mari sunt fire de nisip pe o plajă uriașă. Mult mai târziu, am înțeles faptul că a fi original este foarte rar. Majoritatea gesturilor și gândurilor noastre au fost repetate de mulţi alţii de-a lungul timpului.

Atunci însă, ajunsesem la limită. Băieţii din clasa mea stăteau la două mese distanţă de noi. Discutau atât de tare încât depășeau cu mult sunetul muzicii ce se auzea din boxe. Subiectul principal era ce ar fi făcut fiecare cu sânii mei și cu mine, Andreea, colega amabilă de la care copiaseră la teze patru ani de zile. Cu un zâmbet larg pe faţă m-am așezat lângă Andrei. El era șeful turmei de berbecuţi. I-am pus mana pe pantaloni și am început să îl mângâi de faţă cu toată lumea. Nici nu i s-a sculat bine că deja își dăduse drumul. Faţa lui spunea totul. Astfel, toată seara, altcineva a fost subiectul glumelor deocheate.

Alex este altfel. Este tot ce îmi dorisem eu să fie. Mă iubește și știe să spună asta atunci când am eu nevoie să o aud. Când este cu mine mă face să mă simt iubită. Are răbdare cu mine când facem dragoste și stăm în pat

aproape la fiecare sfârşit de săptămână fără să ne gândim la altceva decât ce poziţie nouă să mai încercăm şi cum să ne facem cât mai multă plăcere unul altuia.
Până şi mama mea îl place. Am făcut greşeala să vin acasă şi cu alt băiat cu care fusesem împreună o perioadă. A obiectat şi a avut dreptate. Am încredere în instinctele ei. Despre Alex spune că are bun simţ şi cei şapte ani de-acasă. A ştiut să mă întrebe ce flori îi plac mamei înainte de a veni prima oară în vizită.
Este student la Automatică. Este un foarte bun programator şi lucrează toată noaptea. Deja face website-uri pentru diferite firme şi câştigă bani buni. Eram în anul II când ne-am cunoscut si după un an ne-am mutat într-o garsonieră închiriată pe care o plătea din ce câştiga.
Îmi place sentimentul de siguranţă pe care îl am alături de el. De la modul în care corpul lui amortizează şocurile balansului în vagonul de metrou până la faptul că viitorul are forma pe care mi-o doresc. Ştiu că vom rămâne în Bucureşti, ai mei ne vor ajuta să ne luăm un apartament, ne vom căsători, vom cumpăra o maşină bună cu sistem isofix pentru a prinde scaunul copilului. Mă uit la un viitor frumos cu doi copii, o fată şi un băiat.

Îmi strecor mâna în palma mare a lui Alex în timp ce ieşim de la metrou. O rază de soare se odihneşte pe chipul lui. Sunt fericită că l-am găsit acum. Nu simt nevoia să trec prin toate ritualurile sociale ale studenţiei. Relaţiile de o noapte şi statul prin cluburi nu sunt ce îmi doresc eu de la viaţă.

19
AUTORUL O SĂ LE SPUN ALEX ȘI ANDREEA

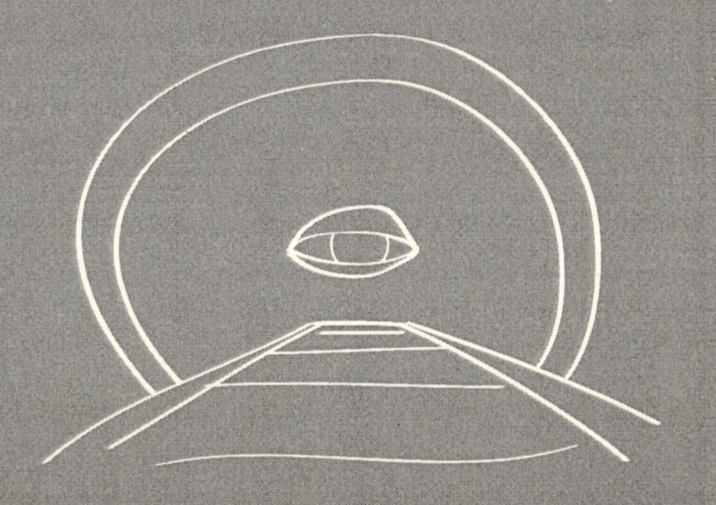

19 / Autorul / O să le spun Alex și Andreea

De fiecare dată când folosesc metroul, îmi închipui că este doar o platformă. Nu văd pereții și acoperișul vagonului. Doar zidurile tunelului și oamenii. Am plecat de acasă fredonând ultima melodie pe care o auzisem la radio, You told me s'agapo. Încă o fredonez în timp ce îmi ajustez poziția corpului la balansul platformei de metrou.
Îmi compartimentez gândurile lăsând cea mai mare parte pentru textele noi din carte, iar restul pentru a observa oamenii din jur. Fiecare dintre ei este important pentru mine. Fiecare are propria lui poveste de spus. Nu am întâlnit prea multe ființe umane care să nu aibă povestea vieții înscrisă în ridurile de la coada ochiului.

Atenția mi se oprește asupra unei fete. Este blondă și frumoasă după orice standard. Se lipește cu multă afecțiune de un băiat înăltuț, cu mintea în altă parte. După cum își mișcă involuntar degetele, el probabil că joacă în minte un joc pe computer și va continua să facă asta la computerul de acasă în noaptea care urmează. Miopia caracteristică bărbaților care au alături o femeie frumoasă și al cărei corp urlă sex prin fiecare celulă mă face să simt uneori că nu suntem din aceeași specie. Are sâni mari și rotunzi care transmit senzația că dacă ai mușca din ei ar trosni cum trosnește o piersică. Mi-o imaginez aplecată în față, cu mâna mea înfiptă în părul ei în timp ce o pătrund pe la spate din nou și din nou. Fiecare parte din corpul meu este de acord cu ce gândesc.

Ca orice senzație plăcută, trebuie să se termine. Îmi dau jos ochelarii jos și îmi golesc mintea de sentimentul de excitare sexuală care îmi provocase un început de erecție. Ea și băiatul care acum reprezintă toată lumea ei nu îmi oferă nimic nou. Povestea lor a fost scrisă de nenumărate ori până acum. Mă las cuprins de acea combinație de supărare și furie pe care o trăiesc de fiecare dată când văd o poveste începută frumos care va avea un sfârșit nefericit.

Și totuși. Ei ar putea fi personaje potrivite pentru următoarea carte. Cine știe unde îi va duce viața după ce se vor despărți? Eu știu. O să le spun Alex și Andreea.

20
STEFAN STRICAT

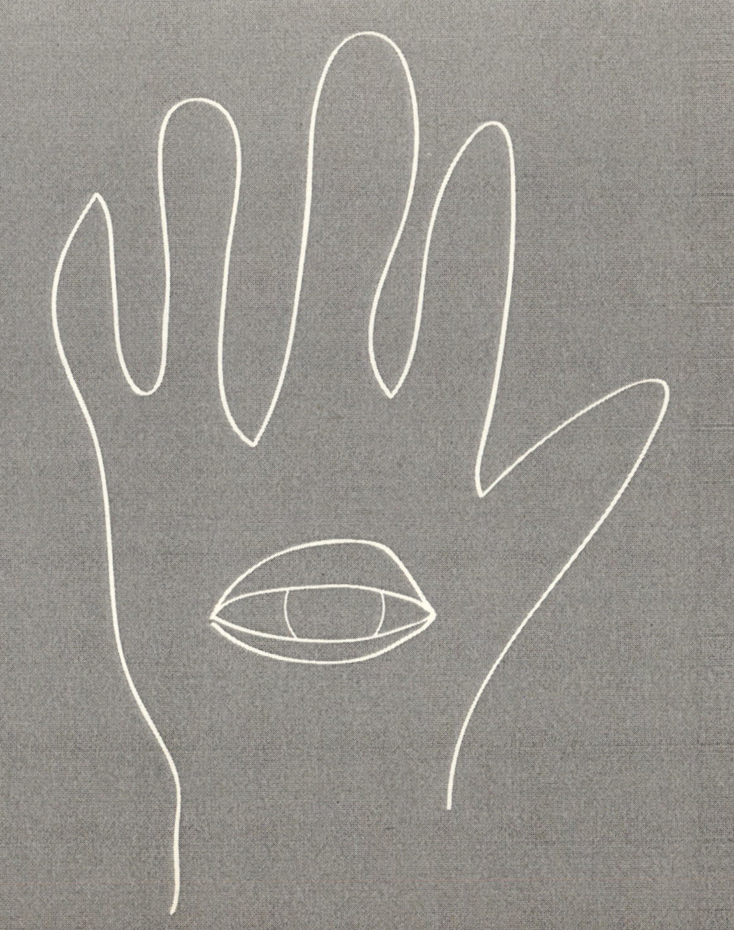

Era mai uşor când eram în liceu. Mult mai uşor. Acum trebuie să reţin cel puţin 200 de nume diferite şi detalii despre fiecare.
Totul s-a sfârşit odată cu nenorocitul acela de accident. De atunci sunt stricat. Nu mai funcţionez cum ar trebui. Mintea mea nu este întreagă. Memoria mea există şi funcţionează selectiv. Tot ce învăţ îmi apare şi rămâne în memorie abia după câteva luni. Am descoperit asta imediat ce m-am întors acasă de la spital. M-am dus să cumpăr pâine şi nu înţelegeam de ce mi se dă rest. Nu mai ştiam tabla înmulţirii şi numele prietenilor de joacă. Aşa că în majoritatea timpului am tăcut. De fiecare dată când cineva era strigat fugeam în casă şi îmi scriam într-un caiet numele lui şi orice altceva ştiam despre el. În timp mi-au rămas în minte acele detalii.
Dar oamenii se schimbau. Le creştea părul, se îmbrăcau cu alte haine, prietenii mei creşteau în înălţime. În momentul în care eram sigur că ştiu ceva clar despre un om, el era deja altcineva. Iar eu trebuia să o iau de la capăt.
În liceu am crezut că va fi mai dificil. Nu a fost. Când nu ştiam un nume, zâmbeam.

Acum sunt la facultate şi am 200 de colegi. Nu mai merge doar cu un zâmbet. Şi nici doar cu limba română. Sunt mulţi colegi greci sau arabi.
Fetele sunt o problemă şi mai mare. Mai ales cele prea obişnuite să dea atenţie la orice detaliu. La un moment observă că nu le rostesc niciodată numele. Pot să mă culc cu o fată de o lună şi tot să nu am în memorie numele ei.
Prima sesiune a însemnat şi primul dezastru. Tot ce nu citisem cu 24 de ore înainte uitasem. Mă uitam la faţa necunoscutului care mă privea plictisit, despre care un gând aflat la periferia gândurilor îmi spunea că este profesorul. Ajunsesem în faţa lui după ce îi urmasem ca o oaie cuminte pe colegii din grupa mea pe culoarele universităţii. Ţin minte că scena s-a repetat la fiecare examen. Ceva trebuie să fi spus şi eu pentru că jumătate dintre examene le-am trecut.

După ce toată lumea a plecat acasă în vacanță am stat singur o săptămână în cameră. Nici nu îmi aduc aminte ce am mâncat. Știu doar că am petrecut ore întregi uitându-mă la un cuţit cu care doream să îmi despic craniul în două, să îmi înfig degetele în materia moale dinăuntru, să o smulg și să o arunc departe. După trei zile de stat ghemuit într-un colţ de pat am început să aud zgomotele în lucrurile din jurul meu. Metalul din care era făcut patul se transformase in grăunţe mici de metal și scotea un sunet îngrozitor. Cearceaful îmi rănea pielea. Și auzeam un sunet înfundat în ceafă. Era capul meu care se izbea de perete. Durerea îmi făcea bine așa că nu m-am oprit.
Cândva mi-am recăpătat cunoștința și degetele mele s-au plimbat curioase pe suprafaţa crustei de sânge închegat ce îmi acoperea ceafa.

Sunt stricat. Atât timp cât asta nu face rău celor din jurul meu, nu văd de ce nu aş trăi în continuare așa. Nu vreau să mor. Îmi place să trăiesc. Va trebui doar să fiu atent.

21
MARIA PRIMA DRAGOSTE

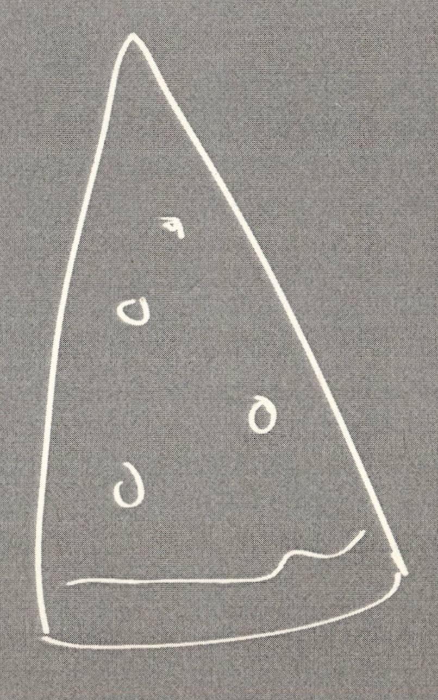

Mă uit la maimuţoiul de pluş care ocupă un raft al bibliotecii. Nu am pus nimic lângă el, dar cred că a venit timpul să îi găsesc un loc într-un colţ de cameră şi să pun pe raft cărţile care s-au adunat pe birou. Îl aştept pe Ştefan. Vom merge să ne plimbăm prin parc. Înainte de asta va trebui să vină şi să stea puţin la noi. Mama i-a pus deoparte o bucată mare din plăcinta cu brânză pe care a făcut-o azi.

Este prima oară când prietenul meu vine la mine acasă. Nu am dorit vreodată ca mama mea să ştie cu cine sunt, mai ales când prietenul meu este cu 4 ani mai mare ca mine, dar acum s-a întâmplat. Mama l-a plăcut imediat pentru că ştie să gătească. Chicotesc gândindu-mă că acesta ar fi un criteriu de selecţie pentru a alege o noră. Părerea lui bună despre plăcinta ei părea să fie mai importantă decât a oricui altcineva. Tata spune despre el că este un băiat bun si deştept.
Nu este foarte important că îl plac părinţii mei, dar nici nu strică. Ce contează este că îl plac eu. Sunt îndrăgostită de el şi de abia aştept ziua de luni. Vacanţa şcolară a început de o săptămână şi în fiecare dimineaţă, când părinţii mei sunt la muncă, noi facem dragoste. O întreagă discuţie şi diferenţa asta dintre a face dragoste şi a face sex. Mie îmi place să spun aşa, însă Ştefan spune că sexul e sex, iar dragostea e mult mai mult decât asta. Mai exact, el foloseşte expresia a împărţi perna.
Sunt absolut convinsă că băieţii se maturizează mult mai târziu decât fetele. El face însă progrese în direcţia bună. Nu mai este atât de grăbit ca la început, iar noţiunea de preludiu nu mai este doar teorie. Am trecut cu bine şi de etapa, care se pare că făcea parte din procesul lui de învăţare, când analiza totul ca şi cum a face dragoste era ceva ce se putea învăţa. Sigur sexul nu este ca mersul pe bicicletă mă gândesc zâmbind. Nu trebuie să cazi de prea multe ori până înveţi cum să stai în şa.
Se aude soneria, dar nu mă grăbesc. Aud vocea mamei strigându-mi numele. Ştiam eu că este Ştefan! A devenit un întreg ritual. Nu contează dacă sunt singură sau sunt părinţii acasă. Se apleacă puţin şi îmi zâmbeşte. Aşteaptă să

îi spun eu să intre. Nu am testat, dar cred că ar fi în stare să stea pe prag toată ziua. Îl prind de mână și îl trag înăuntru. Îmi mușc buza stăpânindu-mă să nu îi sar în brațe. Este iubitul meu și îmi este tare drag.
Mama ne lasă singuri în bucătărie. Modul lacom în care mănâncă Ștefan, de parcă s-ar termina toată mâncarea de pe lumea asta mâine, este întrerupt de sărutări. Dulceața lor este dată în egală măsură de brânza dulce si de faptul că sunt sărutări furate în timp ce suntem atenți la orice sunet care ar fi însemnat că se apropie cineva.

A început să se întunece. S-au aprins luminile în parc. Până se va lăsa noaptea cu un întuneric clar, becurile nu vor aduce mai multă lumină. Lumina artificială face totul mai întunecat la această oră. Simt mâna lui acoperind-o pe a mea. Sunt liniștită.
Cealaltă mână a lui Ștefan descrie cercuri largi prin aer. Nu mai țin minte exact de la ce a pornit conversația. Nu că ar fi avut vreo importanță. M-am obișnuit cu faptul că trece de la un subiect la altul și continuă uneori o poveste pe care o începuse cu zile în urmă de la virgula unde o lăsase. Toate poveștile lui descriu atât de bine peisaje sau locuri, încât am impresia că văd acele personaje mergând pe alee lângă noi sau mă trezesc că simt briza mării în păr și nisipul sub tălpi.

Uneori am impresia că va rămâne toată viața un copil care va inventa universuri întregi doar pentru că poate. În același timp mă surprinde cât de matur poate fi în unele situații.
Înainte de a face dragoste prima oară, a trebuit să îi spun că fusese altcineva înaintea lui. Am făcut-o pentru că așa era corect. A tăcut destul de mult timp încât să mă sperii și să încep să îi explic repede că o făcusem doar pentru că simțeam toată chestia asta cu virginitatea ca pe un obstacol pe care îl dorisem dat la o parte. Era ceva care avea valoare pe vremea bunicilor, dar pentru mine nu însemna nimic.
S-a uitat fix în ochii mei și a spus: Eu sunt primul bărbat din viața ta, nu a fost nimeni înaintea mea, cu mine vei face dragoste pentru prima oară în această zi.

22
ANDREEA
PRELUDIU

Mârâi și îmi bag capul în pernă. Alarma de la telefon este cel mai neplăcut zgomot. Aș mai dormi măcar vreo trei zile. Același mârâit ca în fiecare dimineață în ultima vreme. După primele două luni, entuziasmul de a lucra în compania în care mi-am dorit să fiu angajată și de a vedea traseul meu de carieră devenind o realitate s-au diminuat. În locul lor s-a strecurat un sentiment de monotonie în care aspectele care diferă de la o zi la alta sunt menite doar să îmi crească nivelul de iritare din dimineața următoare.
O oră dus și o oră întors schimbând două autobuze și un metrou. Înghesuiala din mijloacele de transport în comun a început să se transforme în claustrofobie. Când pun piciorul pe scara de la autobuz simt ceea ce simțeau cu siguranță condamnații la moarte când urcau pe eșafod. Măcar ei știau că se va sfârși. Apoi 10 ore la același birou, interacționând cu cei din jur în limitele impuse de faptul că nu pot sta 6 ore pe zi la o țigară, iar în celelalte 4 să îmi bârfesc colegele care nu sunt de față.
Mă sperie faptul că normele sociale sunt mai puternice decât personalitatea celor care trebuie să le respecte dar și să le critice. Cei tineri din companie învață ca niște maimuțe foarte inteligente să imite comportamentele sociale ale celor mai în vârstă sau ale șefilor. Toți manifestă o dorință crescută de a învăța cât mai puțin, de a sta degeaba cât mai mult și de a exprima orice gând în modul cel mai răutăcios posibil.

Alex încă doarme. A stat toată noaptea la computer cu un nou joc online. Cam asta face în fiecare noapte de vreo 2 ani. Mai bine zis, de când am terminat facultatea și am început să lucrăm. Este în lumea lui, o lume la care eu am acces din ce în ce mai puțin. Interacționăm câteva ore pe zi pentru că atât timp avem la dispoziție. Calitatea interacțiunii este însă cea care suferă. Nici nu mai pot spune exact dacă suntem iubiți sau niște simpli prieteni care împart apartamentul. Pozele de nuntă de pe ecranul computerului meu de la birou ne arată fericiți împreună. Pe ecranul computerului de acasă sunt imagini cu nave spațiale.

Îl înțeleg că vine obosit de la serviciu și că jocurile îl relaxează, dar mai am și eu câteva idei foarte sănătoase și plăcute despre cum aș putea să îl ajut să se relaxeze. Alex respinge însă orice încercare a mea de a îl antrena în vreo activitate în comun. Faptul că merg dezbrăcată tot timpul prin casa nu îl mai excită. Nici măcar sex oral nu își mai dorește, cu toate că asta era o componentă obligatorie a vieții noastre de fiecare zi. Coboram între picioarele lui oricând, când venea acasă, înainte de a pleca de acasă, când se uita la televizor sau când se juca. Acum însă mă respinge politicos. Cât naibii de obosit poți să fii când iubita ta vrea să ți-o sugă!? Nici nu vreau să mă gândesc ce reacție ar avea dacă i-aș sugera o cină romantică în oraș care l-ar îndepărta de computer pentru câteva ore!

Zâmbesc imaginii mele ce mă privește adormită din oglindă. În timp ce mă spăl pe dinți, prind capătul periuței între dinți și îmi pun mâinile pe sâni. Nu s-au schimbat deloc. Sunt la fel de fermi și frumoși. Am în dulap un teanc de sutiene cu eticheta pe ele. Cine știe dacă voi avea nevoie de ele vreodată. Îmi pun palmele sub ei și îi ridic ușor. Mișcarea îmi trimite valuri de plăcere până între picioare. Căldura mă face să mă gândesc la ce ar fi normal să fac acum. Să mă strecor înapoi în pat, să trag pantalonii de pijama de pe el, să îl iau în gură repede ca să se întărească, apoi să mă așez peste el și să îl las în mine. L-aș călări până când i-aș simți corpul tensionându-se și și-ar da drumul în mine. În timp ce m-aș întoarce în baie aș merge frecându-mi picioarele pentru ca sperma să se scurgă și să se întindă pe interiorul coapselor. Aș întârzia momentul în care intru sub duș pentru că îmi place senzația pe care mi-o dă lichidul ce se usucă strângând pielea. Ultima oară când am încercat asta m-a împins brutal într-o parte. Am căzut din pat și am evitat la milimetru colțul noptierei care mi-ar fi lăsat un semn de toată frumusețea la tâmplă.

În timp ce urc în autobuz mă gândesc că suferința imediată a următorului ceas va veni din asediul la care este supus simțul meu estetic. Constat că autobuzul este urât și jegos și plin de oameni urâțiți de griji și care nu binevoiesc nici măcar să folosească săpunul o dată pe zi. Aștept resemnată ziua în care toate acestea nu mă vor mai deranja. Ziua în care îmi vor fi pur și simplu indiferente.

Bineînțeles că se va găsi cineva să îmi pipăie fundul sau sânii. În ritmul în care involuează relația mea cu dragul meu soț, Alex, comportamentul unui mârlan în autobuz s-ar putea să fie singurul lucru apropiat de sex de care voi avea parte.

23

ANDREI CULOAREA ROȘIE DE LA SEMAFOR

Patru femei care vor să iasă la un ceai cu mine. Trebuie să hotărăsc doar când. Cine a inventat Facebook are toate mulțumirile din partea celor ca mine. Cum altfel aș fi reușit eu să întâlnesc atâtea femei frumoase? Și eu și ele muncim toată ziua. Cluburile nu sunt un loc în care vreau să îmi petrec timpul. Când zâmbesc unei fete cu care mă întâlnesc vreau măcar să știu ce filme și ce cărți îi plac, pe unde a fost în vacanță, ce facultate a terminat și unde lucrează.
Timpul este prea limitat ca să petrec două ore aflând lucruri pe care le pot citi in 30 de secunde. Relațiile sociale cu semenii tăi depind uneori de cum reușești să te vinzi în 30 de secunde. Pentru mine lucrurile merg bine. Găsesc femei cu care am ceva în comun. Discuțiile ca și sexul au o logică astfel.

Nu fusese întotdeauna așa. Liceul și facultatea nu erau amintiri plăcute. De liceu nu îmi mai aduceam aminte prea multe. Știu doar ca nu îmi plăcuse. Prea multă agresivitate inutilă din partea unor puștani care nu realizau că nu au ce împărți. Chiar și în perioadele în care eram liderul grupului nu mă alegeam cu nimic. Realitatea era că nimănui nu îi păsa de niște saci de piele umpluți cu carne, oase și hormoni.

Cât despre facultate, nu era nimic bun de spus. Automatica era doar o facultate la care se învăța din greu, iar eu nu avusesem timp de altceva. Fetele erau ceva rar. Pentru mine apăreau doar dacă vreun prieten de-al meu se întâlnea cu o fată, iar acea fată avea vreo prietenă singură, de obicei grasă și visând să își găsească iubirea vieții ei la fiecare cinci minute și să se mărite. Până la acel moment de obicei își dorea să rămână virgină, iar eu nu puteam să fac nimic altceva decât să ascult politicos inepțiile pe care le debita și să aștept până puteam să îi spun la revedere și să mă întorc la computerul meu. De fiecare dată eu eram doar un amic spectator benevol la descrierea bărbatului ei ideal.

Știam ce se întâmpla de obicei cu fetele astea drăguțe și grăsuțe. Nu că le-aș fi dorit să li se întâmple ceva urât, dar naivitatea lor atrăgea necazuri. Erau fete bune la suflet cu excepția faptului ca erau obtuze la faptul ca nu poți să îi vorbești unui băiat despre cum vrei să fie iubirea vieții tale, pe care încă nu ai întâlnit-o, fără să îl faci pe el să se simtă ca un rahat. Aceeași obtuzitate le făcea pradă ușoară pentru cineva care arunca ușor cu te iubesc în stânga și în dreapta. Șmecherașul care știa ce butoane să apese făcea ce vroia din ele.

Așa că toată perioada facultății cel mai bun prieten îmi fusese mâna dreaptă.

M-am mutat de aproape o lună în garsoniera pe care mi-au cumpărat-o ai mei. Ar fi putut să facă asta cât eram student, dar nu mă deranja că nu o făcuseră. Îmi plăcuse să locuiesc în cămin. Îmi cumpăraseră însă în anul II un Golf. Mașina era tot ce aveam nevoie. La fiecare sfârșit de săptămână plecam cu gașca la munte.

Acum sunt angajat de o jumătate de an la o multinațională. Lucrez în IT și deja m-am făcut remarcat. Un șef expat dorește să mă ia în echipa lui pentru proiecte internaționale. Se zvonește că următoarele proiecte vor fi în Singapore și în Africa de Sud. Viitorul arată bine.

Cred că o să îi scriu Ioanei. Îmi plac fotografiile ei și este o persoană amuzantă. În plus, la glumele cu tentă sexuală pe care le făcusem a răspuns pe același ton. Prezervativul acela din portofel a ieșit din termenul de garanție de ceva timp. Speranțele mele de a face sex sunt doar speranțe de vreo trei luni de zile. Asta se întâmplă când lucrez în locuri în care nu găsești nici măcar o prostituată. Ar trebui să cumpăr un pachet nou de la farmacia din colțul străzii, dar nu cred că voi avea nevoie la prima întâlnire.

O terasă din Herăstrău este un loc bun să fii într-o seară răcoroasă de vară. Ioana este pur și simplu fermecătoare. Am rămas la propriu cu gura căscată când am văzut-o. Îi țin scaunul când se așează, nevenindu-mi să cred ce noroc am. Înaltă aproape cât mine, ceea ce înseamnă că are peste unu optzeci,

cu parul tuns scurt până la umeri. Este îmbrăcată cu o fustă gri închis si o bluză albă. Însa cel mai mult îmi plac ciorapii albi care îi acoperă picioarele lungi. Două dungi de alb pur între pantofi și marginea fustei. Atât mai văd acum. Simt cum salivez construind în minte imaginea ei, purtând doar acei ciorapi, întinsă pe patul meu. Înghit în sec. Va fi o seară interesantă.
Ne-am ameţit un pic amândoi chiar înainte de a începe a doua sticlă de vin. Nu îmi mai aduc aminte cât timp a trecut de când m-am simţit ultima oară atât de confortabil în prezenţa unei femei. Este clar că și ea mă place. Discuţia dintre noi a devenit foarte limitată. Limitată la a ne uita unul în ochii celuilalt în timp ce Ioana trage concluzia că ar fi plăcut să luăm micul dejun împreună. A mai sta aici alte cinci minute ar însemna că tocmai mi s-a făcut o lobotomie și nu mai înţeleg limba română. Cer nota și o întreb dacă dorește să mergem într-un club sau să o conduc acasă. Ce-o fi în capul meu? Sunt conștient că tocmai am pus cea mai tâmpită întrebare pe care puteam să o pun! Răspunsul Ioanei este însă cel mai bun dintre toate posibile: acasă... la tine.

Îi deschid portiera. Se urcă în mașină și îmi deschide portiera în momentul când ajung în partea cealaltă. Una e să știi că un astfel de gest este extraordinar de frumos și alta este să ţi se întâmple. Mi-am făcut curaj și m-am aplecat asupra ei. Buzele mele au făcut doar jumătate de drum. Îi simt limba în gură și aproape imediat mâna pe pantaloni. Erecţia este instantanee. Ioana începu să îmi desfacă nasturii de la pantaloni și îmi șoptește: condu. Nu îmi vine să cred. Este ca și cum cel mai imposibil vis devine realitate. E mai bine de atât. Nici nu știam că aș putea avea un asemenea vis.
Apuc schimbătorul de viteze cu vârful degetelor ţinând cotul ridicat în timp ce capul Ioanei se afla între picioarele mele și dinţii ei apasă ușor, doar atât cât să mă convingă că nu visez și că am parte de un sex oral la volan ca în filme. Orice efect ar fi avut vinul băut, a trecut. Îmi simt capul ușor și sunt ameţit din cu totul alt motiv. Mișcările Ioanei se accelerează. Când intru în rondul de la Piaţa Victoriei simt că mai am puţin și explodez. Gem

mai puternic sperând că Ioana își va da seama ce înseamnă. Nu îndrăznesc să scot vreun cuvânt. Mi-e teamă că Ioana se va opri să îmi răspundă și va ridica capul, iar eu o vreau acolo, vreau să îmi dau drumul în gura ei.
La puţin timp după ce intrăm pe Calea Victoriei nu mă mai pot controla. Ejaculez, și talpa piciorului meu lipește accelerația de podeaua mașinii. Când ceața din fața ochilor mei se destramă, realizez că ne aflăm în fața Muzeului Național de Artă. Frânez încet. Tot corpul îmi tremură. Mă uit la Ioana și mă uit la volan. Cele două motive pentru care mă gândesc acum că sunt al naibii de norocos.

Câteva zile după aceea mă treceau fiori de câte ori vedeam lumina roșie a semaforului. Eram sigur că în acea seară trecusem pe roșu cel puțin o dată, iar a conduce pe Calea Victoriei fără să ai o mașină în față pentru aproape un kilometru era noroc pur si simplu.

24
MARIA SFÂRȘIT

Se terminase. De ce nu pricepe? De ce încă mă sună cerându-mi să ne întâlnim? Toți prietenii mei, fete sau băieți, se comportă la fel când se despart de cineva. Mai ales atunci când celălalt a hotărât asta. Nu este sfârșitul lumii. Li se va întâmpla din nou luna următoare!
În timp ce ridic receptorul știu că va trebui să mă văd cu el și în seara asta. Acel Ștefan care stă ca un cățel plouat pe bancă lângă mine nu este Ștefan cel de care mă îndrăgostisem. Îmi vine să îl iau la palme. La început mi se rupea inima când îl vedeam, dar acum a început să mă enerveze. Parcă sunt într-o piesă de teatru absurd. Mă enervează că se comportă de parcă nu ar mai avea nimic în cap, ca și cum nu mai înțelege că unu și cu unu fac doi. Aceleași replici și argumente pentru care ar trebui să fim încă împreună din nou și din nou.

Am fost împreună aproape doi ani. Însă acum m-am plictisit de el. Vreau altceva. Ceva ce el nu îmi poate oferi. Cu cât va pricepe și va accepta mai repede, cu atât va fi mai bine pentru amândoi. Este timpul ca măcar unul dintre noi să se comporte ca un adult. Îi explic clar că după ce voi termina facultatea voi rămâne în București. Nu doresc să mă întorc acasă si oricât de mult ținem unul la celălalt, viața merge înainte. Eu am alte priorități și el le are pe ale lui. Simt că după atâtea zile a început și el să accepte că s-a terminat. Cred că se comportă așa mai mult în virtutea inerției.
Mă întreb dacă să îi povestesc toate lucrurile la care m-am gândit în ultimele luni. Aș fi dorit să îi spun că am întors relația noastră pe toate părțile și am ajuns la concluzia că nu are nici un viitor. Că nu mă simt iubită îndeajuns. Că vreau pe cineva alături de care să mă trezesc dimineața și care să îmi spună de o sută de ori pe zi că mă iubește. Că el este prea absorbit de propria persoană ca să aibă loc și pentru mine în viața lui. Că el își vede viitorul în orașul acesta amărât, iar mie nu îmi este de ajuns. București este mai aproape de sufletul meu. În timp ce viața lui se termină odată cu faptul

că a început să își facă planuri despre a cumpăra un apartament, a se căsători cu mine și a avea copii, viața mea de abia începe. București este un oraș plin de viață în care eu mă simt acasă.

Răspunsul la întrebarea pe care mi-o pusesem a fost da. O să îi spun toate lucrurile acelea la care m-am gândit în ultima vreme. Chiar dacă acum este într-o stare atât de proastă încât nu ar înțelege nimic. M-a ascultat cu capul în pământ. Când am terminat de vorbit, Ștefan a ridicat ochii spre mine și a pronunțat un singur cuvânt: București.
Am știut în acel moment că Ștefan cel normal se întorsese în propria piele. Se terminase cu telefoanele și insistențele. Asta nu pentru că el acceptase argumentele mele. Nu. El găsise vinovatul pentru suferința lui. Găsise un obiect asupra căruia să își îndrepte ura. Mai bine zis un întreg oraș: București.
Pentru mine nu mai era important ceea ce se întâmpla cu el sau motivul pentru care totul se terminase. Bine că se terminase.

25
ANDREEA
SEX ORAL

25 / Andreea / Sex oral

Simt un gust amar în gură și înghit. Deschid ochii în întunericul din camera de serviciu și mă întreb ce naiba s-a întâmplat cu mine de am ajuns aici, în genunchi cu penisul lui Mihai în gură. Știu cum am ajuns în acest loc. Am o nelămurire privitor la de ce. Știu de ce fac asta. Nu știu de ce nu am găsit altă modalitate de a rezolva problema pe care o am.

Alex a devenit un străin cu care împart același spaţiu de locuit. Schimb mai multe cuvinte cu colegele de birou într-o zi decât schimb cu el într-o săptămână. Îmi este greu să îl văd atât de rece. Am trecut prin toate fazele. Am încercat să discut el, așa cum făceam înainte. Am făcut crize de isterie din care și un perete și-ar fi dat seama că sunt nefutută.
Acum două zile m-am închis în baie și am plâns. Nici nu sunt sigură că a observat că am intrat pe ușă. Am umplut cada și am lăsat apa fierbinte să mă acopere. Sunetul lumii ajunge greu la urechile mele sub apă. Ce am făcut greșit? De ce înainte eram atât de fericiţi, iar acum totul e cu curul în sus?
Suntem căsătoriţi de doi ani. Nu a fost o decizie luată in grabă. Am discutat despre responsabilitatea pe care ne-o asumam și despre cât de pregătiţi eram pentru o viaţă în doi. Totul era bine pus la punct de la început. Știam până și când ne doream să se nască primul copil. Am hotărât totul împreună! Nu înţeleg unde am greșit sau dacă măcar am greșit cu ceva. Am construit un castel de nisip fără să iau în calcul că în viaţa reală lucrurile nu merg întotdeauna cum ar trebui?
Am ieșit furioasă din cadă m-am șters cu prosopul până mi s-a înroșit pielea decisă să discut cu el din nou. Suntem doi oameni maturi și inteligenţi. Nu se poate să nu trecem peste situaţia asta. Sunt prea multe lucruri frumoase între noi. În cazul în care nu mai avem nimic ce să poată fi reparat, aș vrea să știu și asta.
Am intrat în camera și propoziţia pe care doream să o încep cu numele lui mi-a rămas în gât. Alex este la computer. Se joacă. A întors capul și s-a uitat

la mine. Mai bine zis s-a uitat în direcţia mea. Timpul în care ochii lui s-au oprit pe chipul meu a fost mai scurt decât timpul în care a privit sticla de bere de lângă tastatură pe care apoi a dus-o la gură.
Ieri dimineaţă am ajuns în faţa biroului şi m-am oprit. Nu ştiu dacă să plâng sau să râd. Corpul îmi este amorţit. Dacă aş fi prietena mea cea mai bună m-aş fi încurajat spunându-mi că s-a terminat şi că viaţa merge înainte. Dar sunt doar eu şi mă doare. Realizez că ar trebui să folosesc expresia „s-a terminat" referitor la ceva din viaţa mea, dar încă nu ştiu exact cum să definesc ceva-ul acela. Nici nu l-am văzut pe Mihai. M-am izbit de el aproape dându-l jos din picioare. Acesta a zâmbit şi mi-a spus că e în regulă în timp ce eu îmi ceream scuze. Era ca un vis idiot alb şi negru, precum filmele cu Charlie Chaplin. Simţeam doar nevoia de a îmi cere scuze din nou şi din nou. Când să încep să repet scuzele m-am oprit. Ăsta îmi spunea că e în regula şi se uita la ţâţele mele! Am simţit că starea de enervare îmi urcă în gât şi am vrut să îl întreb urlând dacă e în regulă sau doar vrea să mă reguleze. M-am oprit la timp. Atât îmi mai trebuia. Să fac o scenă pentru un aiurit care nu făcea nimic ieşit din comun.
Ziua a curs liniştită. Cu amărăciune constat că viaţa la birou e mai plăcută decât restul, respectiv drumul până aici şi înapoi şi viaţa de acasă. Mă uit cu teamă la ceas pentru că ştiu că va trebui să mă îmbrac şi să mă duc lacasă unde voi întâlni un străin. Pe acel străin va trebui să îl suport lângă mine în pat până mâine dimineaţă. Va trebui să îl conving să vorbească cu mine sau să mă conving pe mine însumi că doar mi se pare că ceva nu este în regulă şi că asta este normalitatea.

Astăzi de dimineaţa am ajuns la birou la timp ca să îl văd pe Mihai intrând înaintea mea. M-am uitat la fundul lui. Era mica mea formă de răzbunare. Puteam şi eu să îl tratez ca pe un obiect. M-am gândit la vorbele care umblau despre el. Că e simpatic şi că s-a culcat cu mai multe din colege decât s-ar părea, chiar şi cu unele care sunt măritate sau au un prieten. S-ar putea să fie doar vorbe pentru că nu pare să facă avansuri vizibile nici uneia dintre ele. Se uită, ca toţi bărbaţii din firmă, dar nu pare să vrea să şi pună mâna.

Măcar se uită. Îmi dau seama că acum mi-ar prinde bine un futut sănătos fără prea multe cuvinte, doar cât să îmi așez gândurile. Pofta mea viață nu este atât de puternică încât să nu lase o mică depresie să mă cuprindă din când în când, dar, în același timp, este destul de puternică încât să simt că mă sufoc pentru că sunt nesatisfăcută.

Mă uit la Mihai. Apoi mă uit la ușa aproape invizibilă de pe un hol lateral, ușă care duce în camera micuță unde își ține lucrurile femeia de serviciu. Aceasta a plecat acasă pentru că vine și face curat înainte de a se deschide birourile. Mă uit din nou la Mihai. La periferia gândurilor mele apare cuvântul consecințe. Este un cuvânt care va rămâne acolo la periferie. Mă uit la el în timp ce am ajuns în fața lui și îi spun: vino. Vine. Deschid ușa camerei și îl împing înăuntru. În penumbră îi văd privirea calmă ca și cum s-ar fi așteptat ca toate acestea să se întâmple. Mă interesează prea puțin ce gândește el. Vreau doar să stea acolo cuminte și să mă lase să fac ce vreau să fac. Îl sărut și îi mușc buza în timp ce îi desfac pantalonii. Până în momentul în care m-am așezat în genunchi în fața lui și l-am luat în gură este deja în plină erecție. Îmi era dor să îmi simt gura plină. Îl ling gândindu-mă că prostănacul acela de bărbat al meu ar fi trebuit să fie acum aici. Nu știu cât timp a trecut, dar îl mângâi, îl ling, îl sug, îl sărut. Simt plăcerea pe care îmi doream să o simt. O parte vine și din plăcerea pe care o simte el. Este ca un cocktail martini din sex și răzbunare cu două măsline de plăcere: a mea și a lui.
Simt un gust amar în gură și înghit. Deschid ochii în întunericul din camera de serviciu și mă întreb ce naiba s-a întâmplat cu mine de am ajuns aici, în genunchi cu penisul lui Mihai în gură. Mă ridic în picioare și îi șoptesc pe jumătate furioasă, pe jumătate încă amețită de plăcerea care îmi amorțește simțurile: ne vedem aici la 12 ca să mă fuți.

26
ANDREI
O BUCATĂ DE HÂRTIE

Ultimii ani au fost niște ani foarte buni pentru mine. Munca într-o multinațională este exact ce mi-am imaginat. Am ajuns să conduc proiecte internaționale de implementare de software. Am văzut aproape un sfert de planetă și mi-am lăsat timp pentru a vizita pe îndelete fiecare loc. Am ajuns să fiu un turist când vin în România. Nu am mai intrat într-un magazin pe aici decât întâmplător. Toatele hainele mele sunt cumpărate din magazinele care mi-au plăcut din alte părți.

Pentru mașina sport din fața blocului am plătit cu banii jos din bonusul la unul din proiecte. Îmi plăcuse unul dintre modelele pe care vânzătorul le avea pe stoc. Vânzătorul de la reprezentanța auto era un puști îmbrăcat într-un costum care costa mai puțin decât tricoul de pe mine. În schimb m-a privit de sus și numai că nu mi-a spus în față că își pierde timpul deoarece un oarecare în tricou și în sandale nu își permite o mașină ca cele pe care le vindea el. După ce mi-a confirmat că îmi pot livra mașina imediat am scos plin de sictir teancul de bani din rucsac și i-am spus să oprească prețul mașinii de acolo. Fața lui a meritat faptul că i-am suportat mârlănia. Viața mea este frumoasă. Și, în sfârșit, mă culc cu multe femei. Asta mi-am dorit cel mai mult.

O bucată de hârtie poate schimba însă totul. De obicei este format A4 și conține litere și cifre. O astfel de hârtie țin eu acum în mână. La suprafață sunt același Andrei: un bărbat frumos și înalt după care întorc capul fetele pe stradă. Ce se întâmplă în mintea mea este altă poveste. Modul meu de a gândi este altul decât cel de acum o oră. Atât a durat până când sensul cuvintelor de pe foaie și-a făcut loc în mintea mea.

Cât timp eram plecat din țară agățam femeile online pe Netlog și pe Facebook. Bucureștiul este un oraș plin de femei singure. Dacă studiezi puțin caracteristicile femeilor care au un profil online, observi că un mare număr dintre ele sunt corporatiste, între 25 și 32 de ani. Acestea sunt de obicei singure, cu amintirea marii iubiri din facultate care le dăduse un șut în cur de toată frumusețea exact când începeau să viseze la rochie albă, fără nici un fel de viață personală pentru că muncesc 12 ore pe zi și cu dorința neformulată de a face măcar sex din când în când. Exact ce îmi doream eu: sex fără complicații cu femei care știu la ce să se aștepte de la mine și îmi uită numele a doua zi.

Nici nu trebuia să le spun prea multe. Le scriam ca nu sunt în țară, dar că aș dori să le văd când mă întorc. Ne vedeam la o cafea, le duceam într-un restaurant drăguț și scump și le spuneam toată seara cât sunt de frumoase. Nu mințeam cu nimic. Fiecare femeie cu care m-am culcat a fost frumoasă. Majoritatea se trezeau în dimineața următoare în patul meu. Cu unele mă vedeam chiar și o săptămână. Mergeam la teatru sau la un concert, făceam sex după care ne vedeam fiecare de ale lui. Celor mai insistente, care se și vedeau măritate cu mine, le explicam că nu sunt pregătit pentru un pas atât de important. Uneori trebuia chiar să fac tot spectacolul acela ridicol cu cât de nemaipomenite sunt ele, dar că eu nu le merit și alte declarații de genul acesta.

Parcă purtau ochelari de cal. Nu vedeau decât măritiș și copii. Asta le făcea pradă ușoară pentru sex și total nepotrivite pentru un partener de cursă lungă. Erau ca niște caracatițe de care trebuia să fugi repede și din timp.

Se mai întâmpla să dau și peste câte o femeie măritată. Era o plăcere să fii în compania uneia. Nu vorbea mult și nu pierdea timpul. Bărbatul ei nu avea nici cea mai mică idee de ce era în stare nevasta lui în pat. O femeie măritată, de obicei, nu mă mai suna niciodată. Probabil că eu eram pentru ea doar unul dintre cei mulți și tinerei cu care se culca. Întotdeauna regretam că nu aveam curajul să îi spun că poate ar trebui să încerce toate pozițiile acelea și cu bărbatul ei. Măcar lucrurile ar fi fost clare după. Ori descopereau amândoi că le e bine împreună și își aduceau aminte de ce s-au căsătorit cu mult timp în urmă, ori se lămureau că nu au nimic și se despărțeau văzându-și fiecare de viața lui.

Rar întâlneam și câte o femeie cu care chiar îmi făcea plăcere să stau de vorbă. Cu acestea nici nu se punea problema de sex. O conversație bună este mult prea prețioasă și prietenii sunt un lucru rar care trebuie păstrat. Cu toate acestea, o bucată de hârtie poate schimba totul. De obicei este format A4 și conține litere și cifre. O astfel de hârtie țin eu acum în mână. Sunt un bărbat ordonat și am păstrat o evidență a femeilor cu care m-am culcat în ultimii trei ani. Sunt foarte multe. Nu simt vreo mândrie în faptul că au fost multe. Am avut perioade în care mi se părea că mă culc cu aceeași femeie care doar își schimba înfățișarea și numele pentru mine. Brunetă, blondă, grasă, slabă, frumoasă, mai puțin frumoasă, cu părul lung, cu părul scurt, cu buze cărnoase, cu buze subțiri, cu ochi albaștri, cu ochi verzi, cu ochi căprui, cu sâni mari, cu sâni mici, odată ce deschidea gura pentru a vorbi devenea parte din acea femeie organism colectiv bună pentru sex de-o noapte. În mod ideal femeia pleca imediat după sex sau dimineața devreme înainte de a mă trezi eu.
Astăzi, în drum spre birou, am oprit la un laborator medical unde îmi făceam toate tipurile de analize anual. După ce am luat rezultatul analizelor și l-am citit, am venit direct acasă. Mă uit la foaia aceasta de hârtie. Efectul ei asupra vieții mele și asupra vieților multor altor oameni care au făcut la un moment dat parte din viața mea, chiar și pentru o noapte, nu este încă cuantificabil.
Este o schimbare importantă și știu că trebuie să o împărtășesc și cu ceilalți. Nu ar fi fost corect să țin adevărul doar pentru mine. Efectele acțiunii, sau mai bine zis ale inacțiunii mele, ar fi avut o răspândire exponențială în timp și nu pot să trăiesc cu așa ceva pe conștiință.
Îmi dau seama că va trebui să scot lista cu numere de telefon și să încep să sun pe fostele mele iubite și să le spun: Bună sunt Andrei. Nu știu dacă mă mai ții minte. Am fost împreună pentru vreo săptămână acum un an. Te rog nu închide pentru că am ceva important să îți spun. Tocmai mi-am făcut analizele și sunt infectat cu HIV. Da. Ai auzit bine. Am SIDA. Cred

că ar fi bine să îţi faci analizele cât mai repede pentru că nu ştiu daca eram bolnav şi când am fost noi împreună sau s-a întâmplat mai târziu. Nu. Nu este o glumă proastă. Îţi pot arăta rezultatul analizelor. Îmi pare rău.

27
MARIA PRIETENI BUNI

M-am întâlnit cu Autorul acum vreo două săptămâni. Mi-a povestit de ce a hotărât să scrie o carte și apoi a folosit acea formulare ciudată: Maria, vreau să vorbesc în numele tău. Am fost tentată să nu îl iau în serios. Modul în care se uita la mine m-a convins că nu glumea. Nu este un om foarte plăcut. Sunt aproape convinsă că nu are deloc simțul umorului.
Mi-a arătat o parte din ceea ce scrisese până în acel moment. Era ciudat. Nu era exact ce se întâmplase între mine și Ștefan, ci mai mult ce mi-aș fi dorit să fie. În același timp tot ce era scris îmi era familiar ca și cum pe hârtie era realitatea, iar în amintirile mele se afla doar umbra a ceea ce se întâmplase, proiectată pe un perete de lumina lunii.
I-am spus că aș dori să scriu și eu un fragment. S-a bucurat. Mă uit la cei doi băieți ai mei care au adormit pe covor printre jucării si zâmbesc aducându-mi aminte de trecut. Este ca și cum s-ar fi întâmplat în altă viață.
Acum sunt o femeie fericită, cu un soț care mă iubește și doi copii minunați. O să vă povestesc despre Ștefan așa cum îl văd cu mintea mea de acum. Despre cum îl vedeam cu mintea de atunci, vă va povesti Autorul.

Prima oară când ne-am întâlnit s-a uitat în ochii mei și mi-a spus: faci parte din viitorul meu. Nu am crezut atunci, așa cum nu cred nici acum, că era doar un simplu text de agățat. Nu cred nici că ar fi putut să vadă viitorul. Cred că îl crea în momentul în care vorbea.
Cu el totul era o certitudine. Era stăpânit de o furie a cuvintelor. Nimic din ce spunea nu era accidental. Le vorbea oamenilor ca și cum ar fi fost deja în mintea lor și ar fi avut răspunsurile pentru întrebări ce urmau să fie puse. În timp ce noi doar comunicam, el sculpta folosind cuvinte.
Nu avea noțiunile de bine și de rău așa cum le avem noi. Era iresponsabil. Era un lup care își asumase obligația de a curăța pădurea de cadavre având însă propria definiție despre ce este viu sau mort. Dacă cineva i-ar fi spus că nu e treaba lui să facă asta nu ar fi reacționat civilizat. L-am văzut du-

cându-se lângă unul dintre cei de vârsta noastră care tocmai strigase ceva jignitor la adres unei fete care trecea prin fața lui. I-a vorbit pentru vreo două minute. După ce el s-a ridicat de pe bancă, celălalt a început să plângă. Fiecare dintre voi va interpreta ce scriu judecând faptele ca bune sau rele. Nu este însă ce vreau eu să vă spun. Ștefan nu avea calități sau defecte. El pur și simplu exista. Cu el fiecare clipă aducea ceva nou. Iubea atât de mult cuvintele încât era obsedat de a nu folosi o propoziție mai mult de o dată pe zi.
Pentru ceilalți eu eram doar o puștoaică. Atunci când eram cu el, eram mult mai mult. Când era în prezența mea îl simțeam că există doar pentru mine. Respira pentru mine. Zâmbea pentru mine. Vorbea pentru mine. Îmi plă-cea modul în care vedeam lumea prin ochii lui.
M-am despărțit de el pentru că eram sigură că nu mă iubește. Simțeam că nu îmi oferă ce îmi doream eu. Acum îmi aduc aminte toate micile lui gesturi și toate îmi spun că mă iubea nespus. Însă cuvintele te iubesc sunau ciudat când erau rostite de el. Aveam nevoie să îl aud spunându-mi că mă iubește. Aveam tot ce îmi doream în afară de momentele în care acele două cuvinte ar fi făcut viața mea perfectă.

Am înțeles cât mă iubise în urmă cu doi ani, când ne-am întâlnit din nou după foarte mult timp. A spune te iubesc era singura acțiune pentru care își asuma responsabilitatea. Avea rețineri în a rosti aceste cuvinte pentru că ele creau o realitate din care nu ar mai fi putut evada, iar el iubea cel mai mult propria libertate. Era un lup. Atunci și acum.
Ne-am oprit într-o cafenea în care zgomotul caracteristic unui oraș ca București nu pătrundea. Pentru majoritatea celor câteva ore în care am depănat amintiri am fost alături de un prieten drag, a cărui voce moale îmi povestea despre locurile pe care le văzuse prin lume și oamenii pe care îi întâlnise. Dar au fost și momente în care pe fotoliu stătea încolăcit un lup bătrân cu blana brăzdată de cicatrice. În ochi i se citea disperarea. Disperarea celui care a accep-tat zgarda pentru a fi alături de oameni si a trece drept unul dintre ei.

Nu am mai simțit nevoia să îl văd din nou de atunci. Eram mulțumită. Știam că fusesem prima dragoste a unui bărbat pe care îl iubisem la rândul meu.

28
ANDREEA ÎNAINTE ȘI DUPĂ

Cele trei ore până la ora 12 trec greu. Nu îmi găsesc locul pe scaun. Simt că mi s-a făcut frică. Nu pentru că nu sunt conștientă de ce am făcut și ce voi face, ci pentru că nu simt nici o îndoială. Nici măcar nu simt că l-aș înșela pe Alex. Nu poți înșela un străin. Mă gândesc doar la ce am eu nevoie acum. Iar acum am nevoie să treacă timpul mai repede, am nevoie de sex și am nevoie să mă lămuresc cum se va termina relația mea cu Alex. Aș fi chiar proastă dacă aș crede că mai există vreo șansă, însă trebuie să vorbesc cu el și să ajungem amândoi la o concluzie logică.
Citesc și răspund la email-uri. Colegii mei deja au început să se strecoare unul câte unul afară din birou.

Este 12 și 5. Mihai ar trebui să fie deja acolo. Mă îndrept liniștită către ușa în spatele căreia ar trebui să fie un bărbat care să îmi rezolve problema, cum s-ar zice. Este înăuntru. Îl simt tremurând în anticiparea a ce va urma. Stă sprijinit de perete. Întuneric. Aerul care îl expiră este ca un abur. Îmi pune mâinile pe pieptul lui. Îi simt mâna peste a mea și apoi prezervativul pe care mi l-a lăsat în palmă. Nimic romantic în asta, însă practic. Măcar unul dintre noi doi e pregătit pentru situații din astea.
Mă las în genunchi în fața lui, și îi deschid pantalonii. O fac a doua oară. Însa acum totul e amuzant. Nu pot să nu mă gândesc că practica duce la perfecțiune. Zâmbind desfac prezervativul și îl pun nerulat pe penis. Apoi îl împing ușor cu buzele și îl derulez în timp ce penisul lui mi se umflă în gură. Mă ridic și mă întorc cu spatele la el. Ochii mei s-au obișnuit cu întunericul. Ochii lui strălucesc și corpul îi tremură. Îmi ridic fusta și îmi las chiloții în jos. Îi simt mâinile pe fund. Sunt deja umedă. Cred că eram așa încă înainte de a intra pe ușă. Îl trag spre mine și îl dirijez cu mâna în mine. Începe să se miște ușor. E plăcut. Cu siguranță aveam nevoie de asta. Mintea mea însă zboară în altă parte. Mă gândesc din nou la Alex. El ar fi trebuit să fie aici. Mihai începe să se miște mai repede. Zgomotul pe care îl face când se izbește de fesele mele ajunge la urechile mele ca un zgomot de foarte departe.

Alex trebuia să fie aici. Alex trebuia să fie în mine. Asta făceam eu cu Alex înainte. Înainte. Pentru prima oară mă întreb: înainte de ce? Există un moment care are un înainte și un după. Este ceva ce mi-a scăpat. Știu răspunsul la întrebarea asta. Nu îl văd încă, dar știu că este acolo, undeva în mintea mea. O imagine se formulează. Seara în care Ioana venise în vizită pe la noi direct de la birou. Ajunsese înaintea mea și Alex făcuse efortul de a se desprinde de la computer și a îi ține companie până am ajuns acasă. Fusese drăguț din partea lui, ținând cont că nu îi plăceau în mod deosebit prietenii mei.

Văd imaginea cu ei doi în sufragerie, doar că acum observ detalii care îmi scăpaseră atunci. Alex gâfâind ușor, fusta Ioanei sifonată și cămașa ei încheiată greșit la nasturi, canapeaua mișcată din locul ei. Acum știu despre ce moment e vorba. Știu înainte de ce moment totul era altfel pentru mine.

Mă întorc către Mihai și îi spun furioasă cu o voce care se aude ca un șuierat: ieși!

Nu mă interesează ce crede. Îl vreau afară din mine. Nu îmi mai este folositor. Mă ridic și îmi las fusta să cadă. Mă uit pe podea după chiloți, îi ridic și îi bag în buzunarul larg al fustei. Mă îndrept către biroul meu. Observ că mersul mi s-a schimbat. În timp ce ridic piciorul pentru a face următorul pas îmi simt musculatura coapsei. Chiar dacă tremură în urma efortului fizic de mai înainte sunt sigură că talpa pantofului va atinge parchetul exact unde doresc. Îmi îndrept spatele și zâmbesc conștientă că am ajuns într-un punct de echilibru. Am luat o decizie bună pentru mine nici un minut mai târziu decât trebuia.

Sunt o femeie frumoasă care are toată viața înainte. Singura problemă de rezolvat azi este să aflu care dintre prietenele mele cunoaște un avocat pentru divorțuri. Prima pe care o voi întreba va fi buna mea prietenă Ioana. Sunt sigură că îi va face foarte mare plăcere să afle motivul pentru care apelez la ajutorul ei.

29
ANDREI SINGUR

Familia, care ar trebui să îți fie alături mai ales la greu, îți poate provoca cea mai mare suferință. Nu pentru că reacția lor inițială ar fi diferită de a celorlalți oameni cărora le spun că am SIDA, ci pentru că de la ei aștepți mai mult. De la părinții mei mă așteptam să îmi fie alături. În schimb m-au tratat ca pe un câine turbat. Sunt sigur că au ars deja lenjeria patului în care am dormit noaptea trecută. Nici măcar nu sunt supărat pe ei. Sunt părinții mei orice ar fi, la urma urmei.

Conceptul de a muri nu îmi stârnește nici o reacție. O analiză logică a situației mele îmi spune că nu am nimic special pentru care să îmi doresc să trăiesc. Asta dacă definesc a trăi ca o așteptare a unui moment final în timp ce mă supun unui tratament medical neplăcut. Mi-am scris toate argumentele pro și contra pentru diferite alternative și am ajuns la o decizie. Nu voi urma nici un tratament. Nu am curajul să mă sinucid, dar nici nu vreau să prelungesc nejustificat existența mea.

De când am început să îmi petrec tot timpul în casă viața mea este din ce în ce mai urâtă. Parcă trăiesc în altă lume. Nici mintea mea nu mai este aceeași. Este ca și cum îmi împart corpul și creierul cu un străin. Nu e vorba doar de schimbarea în sistemul meu de valori. Nu e cine știe ce sistem. Nu îmi imaginam că atât de mult din viața mea nu are nici un fel de consistență. Ceea ce se strecoară în fiecare gând și îmi nămolește mintea este sentimentul de vină. Am încercat să îmi spun că nu mai contează. Nu mai pot repara nimic prin ceea ce simt acum. Răul, odată ce l-am făcut, există și fără părerile mele de rău. Nu funcționează.

De aproape o lună am terminat de dat telefoane. Sunetele acelor convorbiri sunt încă în mintea mea. Acum nu mai am nici o problemă în a identifica fiecare femeie după vocea ei. Le cunosc vocea plângând și țipând. Frica,

disperarea, furia lor. Toate astea au rămas cu mine și mi-au devenit cei mai buni prieteni. Mă trezesc la fiecare câteva ore. La început plângeam și mai câștigam câteva clipe de liniște. Acum doar mă sufoc și îmi apăs palmele pe plămâni pentru a îi face să lucreze. Plânsetele și ţipetele se aud chiar dacă sunt treaz sau dorm. Nu sunt nebun. Știu asta. Dar mă întreb ce voi face când toate acestea vor deveni de nesuportat.
Boala a început să își arate semnele. S-a întâmplat fără ca eu să realizez asta. Majoritatea acţiunilor mele sunt doar niște automatisme. Când am ieșit de sub duş privirea mea s-a oprit asupra corpului reflectat în oglindă. Pete și răni. Am început să plâng. Mă uitam la corpul meu și plângeam. Pentru prima oară plângeam pentru mine. Plânsul meu a acoperit toate celelalte sunete din mintea mea. A fost primul moment de liniște în mult timp.

Am reușit să localizez în timp momentul în care am fost infectat. Aș fi vrut să spun că a fost o ușurare să știu că doar un număr mic de femei au fost infectate de mine. Chiar și dacă ar fi fost doar una, gravitatea a ceea ce s-a întâmplat există indiferent de număr.
Niciuna dintre ele nu a dorit să ne întâlnim. Încerc să înţeleg că orice aș fi spus faţă în faţă nu ar schimba nimic pentru ele. Ar fi schimbat însă pentru mine. Nu căutam iertare. Doar că sunt atât de singur încât prezenţa oricui, chiar și a cuiva care mi-ar striga în faţă că sunt un criminal, ar fi foarte plăcută acum.

30
ALEX MUSCA

Ca și o muscă. Ăsta este cuvântul potrivit! Andreea este pentru mine în acest moment la fel de sâcâitoare ca și o muscă. Și nu doar în acest moment. Sunt obosit. Am avut o zi de rahat și femeia asta nu înțelege că aș dori să fiu lăsat să îmi beau berea și să îmi spăl creierul cu un joc. Am muncit două luni ca să adun destule credite pentru a cumpăra o nouă navă spațială Tocmai mă pregăteam să fac asta când Andreea a început să vorbească. Imediat ce ea a rostit cuvântul Alex, urechile mele au transformat vocea ei într-un zgomot de fond. Bâzâitul ei mă deranjează mult prea puțin.

A devenit o prezență de nesuportat. Toată ziua se plânge că nu îi acord atenție, că nu mai facem nimic împreună, nu mai facem dragoste, nu mai ieșim în oraș. Ce ar fi trebuit să fac? O împiedic eu să iasă în oraș? Câtă atenție să îi acord? Sunt și eu obosit. Mie îmi acordă cineva atenție? Umblă toată ziua dezbrăcată prin casă. Ca și cum asta ar însemna ceva. Sunt sătul de ea. Și ce tot spune de făcut dragoste? Se cheamă sex și cam asta e tot. Parcă nu s-a mai maturizat deloc din facultate.
Din ce filme proaste o fi învățat replica asta idioată cu să avem o conversație serioasă? În restul timpului avem conversații neserioase sau ce? Că o să trecem noi și peste situația asta. Ce situație? E nebună! Se crede într-un film! Nu cumva ar vrea să mergem amândoi și pe la un psiholog de familie sau consilier sau ceva?
Nu spune nimic nou. Este predictibilă ca întotdeauna. Toată viața mea a devenit ceva predictibil. Cu unele excepții. Ca atunci când venise Ioana în vizită la noi mai demult. Zâmbesc când mă gândesc la după amiaza aceea. De fiecare dată când o văd pe Ioana mă gândesc doar că i-aș mai trage-o odată și încă odată. Femeia aia se îmbracă și își mișcă curulețul când merge doar în ciuda p.lii.

În ziua aceea, Ioana stătea pe fotoliu picior peste pe picior, fusta ridicându-se sus pe coapsă. S-a uitat la mine și m-a întrebat zâmbind ce mai fac. Am înțeles exact ce vroia că doar nu sunt așa greu de cap. Am început să îi torn că nu mă mai înţeleg cu Andreea, că ea era prea pretenţioasă şi nu înţelegea că şi mie îmi este greu cu noile responsabilităţi pe care le am la birou. Nu eram prea departe de adevăr. Aş fi dorit şi eu puţină linişte când ajung acasă, o femeie care să mă înţeleagă şi că eu făceam totul pentru ca Andreea să fie fericită.

În timp ce vorbesc mă apropii de ea şi îi pun mâna pe coapsă. Ioana dă din cap, semn că mă înţelege. Nu văd nimic rău în a lua asta ca o aprobare că nu are nimic împotrivă ca eu să îmi folosesc mâinile. Bag mâna sub fusta ei şi urc pe interiorul coapsei piciorului drept. Când mă opresc o simt fierbinte între picioare. Este plăcut şi se pare că ce am eu în pantaloni nu are nimic împotrivă. Nici nu apuc să mă gândesc că aş vrea să îi desfac picioarele. O face singură. Îi prind cu degetele ciorapii şi îi trag odată cu chiloţeii ei tanga. Nu e nevoie să mai spun nimic. Ioana se ridică puţin şi se întoarce pe o parte. In timp ce îi trag chiloţeii, mă uit la ce rămâne în urmă: un funduleţ rotund şi apetisant. Mă aplec, o sărut şi o muşc uşor în timp ce termin procesul de dezgolire al acelor picioare lungi. Îi simt mâinile în păr si apoi aceleaşi picioare lungi îmi înconjoară capul şi mă trag către locul acela fierbinte. Îmi scot limba printre dinţi şi mă apuc de treabă. După un timp o simt tremurând şi zvâcnind şi ştiu că trenul a ajuns în gară, cum îi plăcea Andreei să spună. Acum este timpul să se ocupe cineva şi de trenul meu. Mă ridic în picioare şi nu trebui să îi explic Ioanei ce trebuie să facă. Ştie foarte bine ce să facă. Mă uit cu un zâmbet satisfăcut la capul ei care se mişcă înainte şi înapoi. Şi ritmul este bun. Parcă mi-a mai făcut-o fata asta de o sută de ori.

Ioana ridică capul spre mine şi spune: iau anticoncepţionale. În timp ce ea se ridică din fotoliu, mă gândesc că mi-ar fi plăcut să îmi dau drumul în gura ei, dar e bine şi aşa. O întorc cu spatele şi o împing până ce genunchii ei se opresc în marginea fotoliului. Mă mai uit o dată la funduleţul ei sexy, închid ochii zâmbind şi intru în ea.
Deschid ochii şi mă găsesc în aceeaşi cameră cu Andreea. Andreea care aproape ne prinsese în acea zi în care venise acasă mai devreme ca de obicei. În aceeaşi cameră cu o muscă şi bâzâitul ei. Mă întreb când aş putea să mă văd iar cu Ioana. Ea mă înţelege.

31
IOANA CEA MAI BUNĂ PRIETENĂ

31 / Ioana / Cea mai bună prietenă

O iubesc pe Andreea. Este cea mai bună prietenă a mea. Am iubit-o de la prima păpușă căreia i-am smuls capul împreună. Ea a fost întotdeauna cea care m-a sprijinit când am avut nevoie și mi-a suportat toate toanele. Nu pot spune că i-am răspuns la fel. Consecvența nu s-a numărat niciodată printre calitățile mele.

În momentele în care sunt sinceră cu mine însămi, din ce în ce mai des în ultima vreme, îmi dau seama cât de importanți sunt cei care țin la mine. Sună ca ceva ce ai auzit de o mie de ori până acum. Pentru mine este însă o realitate cu care mă confrunt. Am nevoie de oameni în jurul meu și singurii care sunt dispuși să îmi acorde din timpul lor sunt cei cu care am timp în comun.

Nu mă refer la bărbații cu care m-am culcat, deși a fost timp petrecut într-un mod foarte plăcut. Nici la colegii de birou. Îmi petrec cu aceștia din urmă nouă ore pe zi, dar ar fi cu adevărat trist dacă viața mea s-ar reduce doar la ei.

Dincolo de realizările profesionale, care pentru mine sunt o realitate, dincolo de hobby-urile mele, dincolo de o viață socială destul de agitată, când ajung acasă rămân doar eu. Și atunci sunt foarte singură.

Mă uit la telefon și aș dori să o sun pe Andreea și să o întreb ce face. M-ar mulțumi și un „bine, tu ce faci?". Când eram mici își asuma responsabilitatea pentru toate trăsnăile pe care le făceam eu. Am fost colege de bancă în toată perioada școlii generale și a liceului. Când ne despărțeam după ore în fața blocului de abia așteptam să continuăm la telefon discuția terminată cu doar câteva minute în urmă. Ea a fost întotdeauna cea matură și cuminte care a luat deciziile corecte și care nu petrecea nopțile prin cluburi așa cum făceam eu.

Facultatea a schimbat lucrurile. Când nu mai ai părinți care să controleze ce faci, viața poate să devină ceva foarte interesant. Ea învăța tot timpul, iar eu tocmai descoperisem că sexul este un lucru extraordinar. Ne vedeam din ce în ce mai rar. Nu mai aveam prea multe subiecte în comun. Uneori simţeam că ar trebui să fiu mai reţinută în a povesti ce am mai făcut și cu cine, pentru că o vedeam cum se închidea în ea. Nu cred că era foarte de acord cu modul în care hotărâsem eu să îmi petrec studenţia, dar nici nu avea inima să mă judece.

Am fost foarte surprinsă de telefonul ei într-o seară de miercuri. Era veselă și ciripea ca o păsărică. Vroia să ne întâlnim. Avea noutăţi să îmi spună ce nu suportau amânare. Nici nu s-a așezat bine la masă că a și început să îmi povestească de Alex, iubitul ei și omul alături de care dorea să își petreacă toată viaţa. Era foarte entuziasmată și îmi tot spunea că e fericită.
M-am bucurat pentru ea fără să îi arăt că, în același timp, aș fi vrut să o previn. Trecusem și eu de vreo câteva ori prin starea asta și îmi învăţasem lecţia: pentru totdeauna poate fi o perioadă foarte scurtă de timp. M-am gândit că este, poate, una din acele rare situaţii când întâlnești pe cel alături de care vei fi toată viaţa.
L-am întâlnit pe Alex două săptămâni mai târziu. Era frumușel, dar nu cine știe ce. Și nici nu mi-a plăcut cum s-a uitat la mine. Când lângă tine este femeia pe care spui că o iubești, nu te uiţi așa la prietena ei cea mai bună.
În ciuda a ceea ce credeam eu relaţia lor a continuat și nici nu mi-am dat seama când a trecut timpul. Într-o zi m-am pomenit îmbrăcată în rochia de domnișoară de onoare la nunta lor.

După ce am terminat facultatea și ne-am angajat, părinţii ei i-au cumpărat un apartament la două blocuri de cel în care stăteam eu. Așa că acum eram din nou vecine și ne vedeam de câteva ori pe săptămână la o cafea.
Numai că la un moment dat am început să mă văd și cu celălalt locatar din apartamentul ei, cu Alex. A fost o prostie. Treceam printr-o perioadă proastă. Mă îndrăgostisem de un coleg de birou și chiar crezusem că este ceva serios între noi, până a venit la birou într-o zi și a început să împartă invitaţii la nuntă. A avut tupeul să îmi dea și mie una. Nu am fost atât de

umilită în viața mea. Astfel încât, într-o seară când am ajuns mai devreme la Andreea acasă, m-am culcat cu Alex. Eram plictisită și obosită. Nu știu ce a fost în capul meu.
Ar fi trebuit să îi spun. Ar fi trebuit să îi spun că are drept soț un nenorocit care o înșeală. Care o înșeală cu mine.
Ar fi trebuit să îi spun.

Acum nu mai este nevoie să îi spun nimic. Tocmai am pus telefonul pe birou. Îmi tremură mâinile îngrozitor. M-a sunat ca să îmi spună că știe că m-am culcat cu Alex și până când ne vedem diseară la cafea să îi fac rost de numărul de telefon al unui avocat specializat în divorțuri.
Indiferent de ce o să se întâmple și de cât de urât o să iasă, mă duc. Nici nu știu ce o să îi spun. Nu știu cum să îmi cer scuze. Știu că am încălcat una din acele reguli nescrise care condiționează existența unei prietenii. Aș vrea să mă simt vinovată, însă cred că am trecut de nivelul la care să am mustrări de conștiință. E ca și cum am capul gol de orice idee. Probabil că mai târziu mintea mea o să proceseze consecințele faptului de a nu mai fi prietenă cu Andreea și poate un sentiment de vinovăție care să mă macine pe dinăuntru. Deocamdată nu simt nimic.

Este mai calmă decât mă așteptam. I-am dat cartea de vizită pe care mi-o dăduse o colegă. S-a uitat la mine mult timp fără să spună nimic. Nu am spus nici eu nimic. Nu cred că ar fi ajutat să spun că îmi pare rău și că am greșit. Toată chestia cu Alex durase prea mult timp și o făcusem fără să mă gândesc la consecințe. Acum stăteam acolo așteptând să spună ceva, apoi să plec și să ne vedem fiecare de viața ei. Nu era nimic de reparat acolo.

Apoi a vorbit: Dacă nu erai tu era alta. Nici nu mă interesa ce a mai spus după aceea. Oricât de urât sunase ce a spus, însemna, în același timp că nu se terminase totul între noi. Mi-a spus că va divorța de Alex, că trebuia să îi fi spus ce se întâmplă și că sunt o idioată.

Am început să plâng, iar ultimele ei cuvinte au fost: Acum vreau să pleci și o să ne mai vedem atunci când voi dori eu să vorbesc cu tine, iar când o să ne vedem va fi într-un restaurant foarte scump și o să faci cinste.

32
ALEX
ARE BALTA
PEȘTE

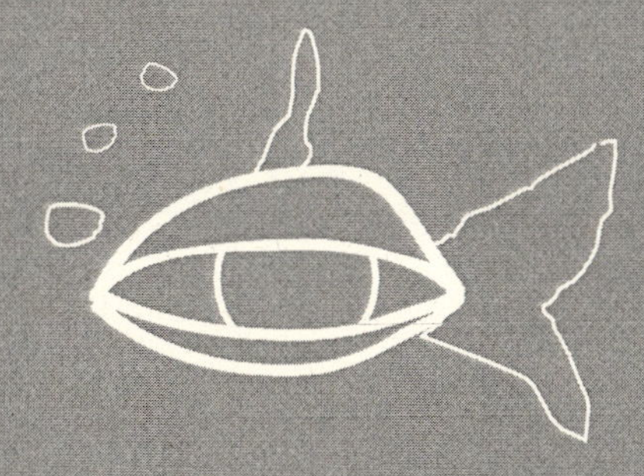

32 / Alex / Are balta pește

Sunt la a treia bere. Stau pe terasa unei cârciumi împuțite de lângă blocul meu. Fostul meu bloc. Apartamentul era cumpărat de părinții lui Andreea înainte de căsătoria noastră și eu nu aveam nici un drept. Așa îmi urlase Andreea prin ușa închisă. Că de azi înainte voi discuta cu avocatul ei.
Un căcat. Venisem de la birou acum 2 ore și mi-am găsit hainele și computerul pe casa scării. Proasta m-a dat afară din casă. Nu m-am enervat. Aveam timp de asta după ce îi treceau nervii și ne împăcam. Am dus totul la mașină și acum aștept să mă sune Andreea și să îmi spună: Alex îmi pare rău. Apoi o să o fac să regrete. O să am eu grijă. Simt cum mă cuprinde furia și mai cer o bere.
Pe ce lume crede proasta asta că se află? Cine dracu o învățase să îmi facă mie așa ceva? Cineva i-a băgat în cap prostiile astea. Ea este prea moale să gândească cu capul ei și în plus mă iubește. Nu o credeam în stare. Mai mult ca sigur și-a găsit pe altul. Mda! Asta nu e bine. Că dacă are pe altcineva, atunci nu mai are nevoie de mine.
Poate ar trebui totuși să o sun eu și să o întreb ce s-a întâmplat de fapt cu ea, cu noi. Pot și eu să folosesc unele din textele ei. I-ar suna familiar și poate ar rezona cu ea. Și după ce o să mă primească înapoi, o să îi arăt eu. Nimeni nu mă tratează pe mine așa. Poate că dacă i-aș mai fi scăpat câte una peste ochi din când în când, ca să nu își uite locul, nu s-ar fi ajuns în situația asta. Avea dreptate tata că o femeie trebuie să îi știe de frică bărbatului. Uite ce căsnicie fericită are el cu mama. Numai eu am ajuns să își bată joc de mine o proastă!

Andreea mi-a răspuns la telefon și mi-a spus la telefon doar: iubitule, nu pot să accept să te culci cu prietenele mele. Și mi-a închis râzând satisfăcută. Scârba! Oare ce anume aflase și de la cine? Nu prea conta acum. Trebuie să dorm undeva în seara asta. Eventual să și fut ceva ca să îmi mai liniștesc nervii. Mâine este altă zi și mai vedem noi cine pe cine.

O sun pe Ioana și o invit la o cafea. Fată bună Ioana. Întotdeauna te poți baza pe ea pentru a partidă bună de sex fără nici un fel de probleme. Nu e plină de fițe ca proasta mea.
Ioana știa de faptul ca Andreea plănuia să divorțeze. Se pare că toată lumea știa în afară de mine. Nu o întreb de ce nu mi-a spus și mie. Nu ar avea nici un rost să o irit. Am nevoie de ea să fie în toane bune. Nu e de sex cât e că am nevoie să dorm undeva în seara asta. Imediat după ce Ioana mi-a spus că îi pare rău de ce se întâmplă între mine și Andreea, am început să îi spun cât sufăr eu, câtă nevoie am de cineva ca ea, care mă înțelege, că între noi doi este o conexiune deosebită și că acum ar fi poate un moment bun să începem să construim pe ceea ce este între noi. Texte. E parte din ritual. Orice femeie are nevoie de texte din astea ca să deschidă picioarele.
Ioana zâmbește iar eu mă gândesc ce bine o să îmi fie cu ea în seara asta. De abia după ce Ioana termină de vorbit și se ridică de pe scaun înțeleg și eu sensul a ce mi-a spus: Copilu', nu mă înțelege greșit, sexul cu tine a fost bun, dar cam asta este tot ceea ce mă interesa la tine. Problema ta cu Andreea, este problema ta. Se pare ca ea a trecut peste ce s-a întâmplat între noi și o să îi treacă supărarea pe mine la un moment dat. Tu nu mai ești important pentru nici una dintre noi.

Nu îmi vine să cred! Altă proastă! Nu-i nimic. Nu e nici o problemă. Are balta pește. Este plin de femei în București care ar înțelege și ar aprecia un bărbat ca mine. Astea două nu aveau decât să se ducă la naiba!

33
IOANA
4 AM

33 / Ioana / 4 am

Ce vă povestesc acum s-a întâmplat cu ceva timp în urmă.
Cu siguranță nu am întâlnit un om care să îmi fie mai antipatic la prima vedere ca Autorul. Să nu mă înțelegi greșit. Este un bărbat care arată bine. Însă ceva nu se lega între imaginea pe care am avut-o când l-am văzut și ce am simțit. Era aceeași senzație pe care o ai cu o vânzătoare într-un magazin care transmite prin limbajul corpului și tonalitatea vocii că îi pierzi timpul. Ca și cum nu ai fi acolo să cumperi, iar ea să vândă! El îți transmitea starea lui de iritare pe care o crea prezența altor ființe umane, ca și cum toți erau acolo ca să îi piardă timpul. Și asta îl făcea antipatic.

Eram la o conferință organizată la un hotel din București. Știam că nu va fi foarte interesant, dar măcar lipseam o zi întreagă de la birou și asta era un lucru bun.
Întârziasem și singurul loc liber era lângă el. Când s-a uitat prima oară la mine am avut senzația că se uită un măcelar la o jumătate de vacă pe care urmează să o împartă în bucăți. Avea ochii de o culoare gri și nu și-au schimbat culoarea decât după vreo zece minute.
Se pare că nici el nu era prea interesat de prezentare și am intrat în vorbă. Măcar așa mai trecea timpul până la pauză. Am făcut-o conștientă de riscul de a mă trezi vorbind singură. După tot ce simțisem legat de el și după cum se uitase la mine, nu mă așteptam la mare lucru. Probabil dacă nu aș fi spus ceva amuzant, mi-ar fi întors spatele chiar atunci.
În pauză a fost și mai ciudat. Era ceva magnetic în felul lui de a fi. Oamenii veneau și se așezau în jurul lui fără să pară conștienți de ce o fac. Îi respingea pe toți într-o manieră foarte agresivă, însă nimeni nu părea să se supere. Când au terminat toți de venit și de plecat s-a întors către mine și a zâmbit cu adevărat. Ochii lui, acum albaștri, mi-au zâmbit.
În timp m-am obișnuit cu stilul lui direct de a vorbi, dar atunci m-am simțit dezbrăcată de orice gânduri care mascau ce gândeam de fapt. Mi-a spus că e normal să îl consider antipatic, dar că avem multe în comun, așa că ar

fi păcat să nu profităm de ocazia unor conversații interesante. În timpul în care vorbise cu mine, el deja mă căutase online și știa de la firma unde lucrez și numărul de telefon până la ce cărți citesc și ce notă luasem la bacalaureat. De la el am învățat că a căuta pe internet este simplu, dar că a găsi informația de care ai nevoie este o știință în sine.
Mi-a plăcut cel mai mult faptul că a spus conversații. Asta implica să ne mai întâlnim și după acel moment. Nu a spus-o neapărat cu siguranța cuiva care știe totul, cât mai mult ca o concluzie logică a unei analize cu care și eu eram de acord. A fost începutul unei prietenii foarte frumoase.

Ziua a trecut repede. Chiar aveam multe în comun. Noaptea ne-a prins plimbându-ne prin parc și ținându-ne de mână ca doi copii. Cred că cei care ne vedeau ne considerau doi îndrăgostiți. Mi-a spus de la început că nu se va întâmpla nimic între noi și l-am crezut. Știam că mă place, dar avea propriul lui mod de a decide când să vrea și când să poftească ceva.
Nu m-a lăsat inima să mă despart de el atunci. I-am cerut să vină cu mine acasă.
A venit și am continuat să vorbim. Între timp i se făcuse foame. Nu a vrut să comandăm pizza și s-a apucat să răscolească prin frigider. M-a întrebat apoi dacă există un magazin alimentar deschis non-stop pe lângă blocul meu. După ce i-am spus că da și i-am explicat în ce direcție, a ieșit pe ușă și s-a întors 30 de minute mai târziu cu o plasă plină de tot felul de chestii. În tot timpul cât l-am așteptat m-am surprins gândindu-mă că era plăcut să întâlnesc un bărbat care stătuse o zi întreagă cu mine fără să îmi spună că vrea să se culce cu mine și fără să facă măcar o aluzie în direcția asta. Nu că aș fi avut ceva împotrivă, dar era reconfortant. Dacă mai știa și să gătească, ar fi putut fi un prieten cum nu avusesem încă.
Ne-am mutat în bucătărie și pentru restul nopții a gătit.
I-am spus totul despre mine. Nu poți să faci altceva în prezența lui. Simți nevoia să îi spui tot. Și bune și rele. Îi spui știind cu siguranță că te va judeca. Te va judeca, dar te va și înțelege în același timp. În timp ce vorbești descoperi că ți se ia o greutate de pe inimă. Îți răspunzi singură la întrebări

care dormeau în mintea ta de mult timp. Îi spui tot pentru că simți că după ce termini va urma liniștea. Și acea liniște o vei simți în interiorul tău și va fi bine.

Era ora patru dimineața când m-am oprit din vorbit și m-am uitat la ceas. Așa că am mâncat. Ciorbă și tiramisu. Mi-a spus că dimineața era perioada cea mai bună pentru a mânca ciorbă și sarmale. Am vrut să spun că asta este obicei de bețiv, dar mi-a luat-o înainte.

Pe la ora șapte i-am spus că trebuie să mă îmbrac pentru birou. Am realizat că stătusem toată noapte de vorbă cu un bărbat îmbrăcată doar cu un tricou și o pereche de chiloței, că el nu fusese deloc interesat de cât sunt de dezbrăcată și că asta nu mă deranjase absolut deloc. Rareori aduceam pe cineva la mine acasă și puteam număra pe degete bărbații pe care îi lăsasem să stea peste noapte.

Am ieșit pe ușă după ce l-am întrebat dacă va mai fi acolo când mă întorc. Voi fi aici, mi-a spus și ziua a trecut fără să simt că îmi este somn, încălzită de zâmbetul lui și de memoria gustului de la unul din cele mai bune prăjituri tiramisu pe care le-am mâncat până acum.

Când am băgat cheia în ușă am descoperit că nu era încuiată. Am deschis ușa curioasă să știu dacă încă mai era la mine în casă sau plecase și îmi lăsase ușa deschisă. Era în sufragerie, stând turcește pe covor, cu trei cărți deschise în față. Cred că citea câteva pagini din una și trecea la următoarea. L-am întrebat de ce nu a închis ușa. Mi-a spus că nu îi plac ușile închise. Ca răspuns la întrebarea dacă nu îi e frică de hoți a rânjit. Vorbesc serios. A rânjit ca un lup. M-am gândit ca restul oamenilor ar trebui să se teamă că nu este închisă ușa dintre el și ei.

Am intrat în baie și am descoperit cada plină cu apă fierbinte. Exact ce aveam nevoie. M-am dezbrăcat și am intrat în apă. L-am strigat și m-am gândit că dacă ar dori să facă dragoste cu mine atunci nu aș avea nimic împotrivă. A intrat și s-a apucat să strângă hainele pe care le lăsasem pe jos. Apoi s-a urcat pe mașina de spălat și m-a întrebat cum mi-a fost ziua.

Până când mi-am uscat părul, el a pus masa. Am mâncat paste cu fructe de mare și am băut un vin argentinian sec.
Nu a fost nimic deosebit. Doar o zi normală și liniștită. Nu îmi aduceam aminte de când nu mai avusesem o asemenea zi. Parcă ne cunoșteam de o viață. Când s-a hotărât să plece, nu am mai rezistat. L-am întrebat dacă nu îi plac eu sau nu îi plac femeile în general, pentru că eu simțisem că îi plac și că îl plac la rândul meu. Imaginea mea goală în cadă nu fusese cred ceva neplăcut. A zâmbit și mi-a spus că îi plac femeile, dar că el nu este cel cu care ar trebui să fiu eu. Mi-a spus că ar fi timpul să mă liniștesc și că nu mai am nevoie de aventuri de o noapte. Aș fi vrut să îi spun că nu îl consideram doar așa ceva, dar mi-am dat seama că nu asta a vrut să spună. Nu era vorba de ce credeam eu despre el, ci despre ce ar fi trebuit să cred eu despre mine.

Acesta este talentul lui. Spune o propoziție care nu are nimic deosebit, dar o spune exact când ai nevoie să o auzi pentru a declanșa un întreg proces logic în mintea ta. Un mod prin care ajungi să vezi jumătatea plină a paharului.
Aveam relații de scurtă durată cu bărbați pentru că nu îmi doream mai mult. De fiecare dată când dorisem mai mult, am fost rănită gratuit. Nu era o experiență pe care o doream trăită din nou. Îi priveam pe toți ca pe o aventură de o noapte fără să mă gândesc că și eu eram privită exact la fel. Iar a fi privită astfel nu era o experiență cu mult mai deosebită. Am simțit că ceva îmi lipsea și poate că era momentul să caut altceva.
Mult mai târziu mi-a spus că eram atât de ocupată cu actul de a face sex, încât uitasem că și pentru a începe o relație este nevoie de o perioadă de preludiu. El încercase doar să îmi arate cu ce ar trebui să încep atunci când definesc ce îmi doresc de la un bărbat. Bineînțeles că eu îmi definesc propriile mele nevoi, dar el dorise doar să îmi dea un exemplu.

34
AUTORUL
TELEFON
ÎN NOAPTE

De ce oamenii nu dau telefon după ce termină de plâns?
Nu mă deranjează să fiu trezit la două dimineaţa ca să ascult pe cineva plângând la telefon. Orice este mai bun decât să dorm. Nevoia de somn este cel mai mare defect pe care îl am.
Ce mă deranjează este faptul că Ioana, cea care plânge acum cu hohote în urechea mea, are cu siguranţă ceva de spus după. Nu îmi place să aştept. Aş fi preferat să plângă întâi şi să mă sune după. Pentru că aşteptarea mea părea nesfârşită, am decis să îi spun că vin să o văd acum. Astfel câştigăm amândoi. Ea apreciază faptul că cineva vine la ora asta să îi fie alături, iar eu am o şansă de a afla ce se întâmplă mult mai repede.
În timp ce îmi povesteşte ce s-a întâmplat, mă gândesc cât de aproape de noi sunt acele lucruri despre care citim şi vorbim cu siguranţa că nouă nu ni se vor întâmpla niciodată. Acum doi ani a cunoscut un băiat, Andrei, şi s-a culcat cu el. Au fost împreună vreo săptămână. Nimic special până aici. Însă aseară Andrei a sunat-o şi i-a povestit scurt că are HIV şi că ar fi bine să îşi facă şi ea un test. De atunci stă şi plânge. Se simte bolnavă şi se comportă ca şi cum ar infecta tot ce atinge. Am avut probleme şi în a o lua în braţe. Spre dimineaţă s-a liniştit şi a adormit. În primul rând va trebui să merg cu ea şi să îşi facă analize. Daca ţin eu bine minte, virusul are o perioadă de incubare de şase luni. Un test făcut acum ar trebui să fie concludent.

Am sunat şi mi-am luat o zi liberă. Oricum nu am ce face la birou până nu se ia o decizie referitor la ce vrea al meu şef să facem în continuare. A făcut şi ea același lucru şi ne-am oprit direct la Institutul Cantacuzino.
O săptămână mai târziu m-a sunat fericită. Analizele ieşiseră negative. Nu era infectată. Ar fi trebuit să o las să se bucure. Nu judec oamenii pentru consecinţele pozitive sau negative ale acţiunilor lor, atât timp cât sunt intenţionate. Inconştienţa şi lipsa de asumare a responsabilităţii mă irită. Seara, în timp ce îşi turna fericită al treilea pahar de vin, i-am spus că am

nevoie de numărul de telefon al lui Andrei. Nu aveam de gând să las lucrurile așa. Am întrebat-o ce ar fi făcut dacă rezultatul era pozitiv? Avea măcar numerele de telefon ale celor cu care se culcase până acum? Ar fi făcut măcar efortul să îi anunțe?
Da. L-ar fi făcut. Nu înțelegea de ce eram atât de pornit. Nu era vina ei ce se întâmplase. I-am explicat că nu mă interesau vinovații. Mă interesau consecințele. A tăcut și a murmurat: ar fi trebuit să îi spun Andreei. Am vrut să știu ce era atât de special de trebuia să îi spună unei fete. Nu mă interesa în mod special viața ei personală, dar ceva îmi șoptea că de această dată ar trebui să fiu curios.

Ioana era așezată la birou și deschidea fișiere cu fotografii, în timp ce îmi povestea că se culcase cu soțul prietenei ei din copilărie. Eu stăteam în spatele ei, puțin spre stânga, în picioare. De ce sunt importante pozițiile noastre? Pentru că în acel moment ele facilitau o variantă de viitor la care Ioana nu se gândise vreodată.
Mă uitam la fotografia Andreei de pe ecran și o vedeam pe fata blondă din metrou despre care hotărâsem că ar putea fi un personaj important pentru carte. Ca să vezi ce mică e lumea! În acea clipă, uitându-mă la gâtul frumos al Ioanei, m-am gândit că un rezultat diferit al analizelor ar fi avut o influență directă asupra acestuia.

Povestea scrisă de mine necesita toate personajele în viață. Altfel cum ar mai fi fost posibil să le hotărăsc destinul? Dacă rezultatul analizelor ar fi fost altul, i-aș fi rupt gâtul atunci. Personajul Ioana nu ar mai fi existat.

35
IOANA BARA DIN SPATE

Coborâtul scărilor la metrou este echivalentul intrării într-o cloacă. Cu fiecare treaptă pe care o cobor, mă scufund într-o mocirlă în care înoată în fiecare zi oamenii acestui oraş. Uneori este inevitabil, însă asta nu diminuează în vreun fel neplăcerea mea. La început dădeam vina pe oameni. Cu oamenii m-am obişnuit. Cu mizeria discretă a plăcilor de gresie care se lipeşte de talpa pantofilor, cu unsoarea lăsată de zeci de mâini pe barele de inox, cu aerul imposibil de respirat al unei structuri create de un arhitect idiot care a crezut că proiectează un mijloc de transport pentru oi, cu acestea nu pot să mă obişnuiesc.
Un panou cu o reclamă deasupra capului meu spune: hidratarea este secretul pielii frumoase. Să ai 18 ani este secretul pielii frumoase! După aceea secretul este legat de cât de bine reuşeşti să ascunzi defectele și trecerea timpului.
Dacă pentru unele lucruri sunt prea tânără, pentru altele sunt prea bătrână. A fi singură este unul dintre ultimele. Cu timpul și cu un număr mare de experienţe plăcute sau neplăcute la activ am devenit foarte selectivă. Am senzaţia că nimeni nu se apropie măcar de omul normal pe care mi-l doresc. Sunt sigură că fiecare devine aşa cu timpul. Mi-e teamă că momentul în care voi accepta orice doar de teama că voi rămâne singură e mai aproape decât cred.
Noroc că astăzi mă duc să îmi iau maşina de la vopsit. Probabil că voi reuşi să o zgârii din nou în maxim câteva zile. Voi avea din nou spaţiul meu mobil izolat în care nu mă ajung claxoanele, înjurăturile și mizeria.

O cerşetoare stă în capul scărilor. Este o femeie tânără care ar putea să muncească fără nici o problemă. Apoi mă gândesc că și asta este o muncă. Nu am mărunt în portofel, dar am altceva să îi dau. Îi întind bucata de hârtie și îi spun: nu am bani, dar vă dau un tichet de masă. Când va aduna totalul diseară, sigur îi va da cu virgulă.

Am plecat cu trei ore mai devreme de la birou și mi-am scos broscuța din service. Acum am un moment de fericire. Conduc liniștită până ce un nene grăbit iese de pe o străduță laterală convins de faptul că mașina lui scumpă are prioritate din oficiu. Nu e departe de adevăr. Nici burta lui nu e departe de volan. Cu cât mănâncă el într-o zi sunt sigură că poți hrăni o familie pentru o săptămână. Dar astfel de gânduri nu asediază creierul lui izolat bine de grăsime.
Am frânat brusc aplecându-mă peste volan doar pentru a simți cum mă lipesc de scaun și capul mi se izbește de tetieră o secundă mai târziu. Șocul și sunetul sec care a acoperit muzica de la radio îmi confirmă că zgârietura de pe bara din spate are profunzimi nebănuite. Cobor din mașină oftând pentru că nu e vina mea, dar nici a celui care m-a lovit. Este o Dacie veche a cărui bară și radiator s-au lipit pline de afecțiune de motor. Broscuței mele i-a cam sărit vopseaua de pe bara din spate și atât.
Șoferul Daciei se uită la mine și încerc să încep o conversație care să ducă la un rezultat civilizat. Nu am nici un chef de scandal. Îl spun că îmi pare rău de mașina lui. Îmi răspunde: Mă numesc Mihai. Las-o naibii de mașină. Tu ești bine?

Am ajuns amândoi la concluzia că sunt bine. Nu arăta ca și cum ar fi avut bani să plătească pentru reparații. Am trecut accidentul pe asigurarea mea. Oricum expira într-o lună și urma să aleg altă firmă de asigurări. Am fost la poliție și am făcut toată hârțogăria necesară. Mi-a lăsat numărul de telefon în caz că mai este nevoie de ceva. Au trecut două luni de atunci. Acum mă uit la cartea lui de vizită și îmi aduc aminte primele cuvinte pe care mi le-a spus. Mă încălzesc și zâmbesc.
Poți să mă consideri o ființă care nu a avut norocul să întâlnească prea mulți oameni buni până acum. Însă Mihai mi s-a părut deosebit. Bunătatea din voce, răbdarea de care a dat dovadă, felul liniștit de a se mișca mi-au plăcut. O să îl sun. O să îmi fac curaj și o să îl sun.
Îmi dau seama că sunt foarte emoționată. Practic aproape că mă scap pe mine. În timp ce mă piș, mă uit la mașina de spălat și îmi aduc aminte de

Autor. Este locul lui preferat pentru a sta la povești. Mă întreb în ce toană va fi data viitoare când ne vom întâlni. În majoritatea timpului cred că urăște orașul acesta și oamenii în general la fel de natural cum respiră. Îmi aduc aminte că am fost odată la o expoziție de pictură contemporană. După ce a stat cinci minute în fața tabloului pentru care venise, ne-am uitat și la celelalte exponate. M-am oprit nedumerită în fața a două tablouri mici. Două pete de culoare intitulate Înger și Demon. În timp ce îl întrebam care crede că este îngerul, am observat cu coada ochiului cum un bărbat se apropia de noi cu un început de zâmbet. Am fost sigură că era pictorul.
Cu fața lui serioasă pe care o are de fiecare dată când urmează să facă ceva ce eu nici nu m-aș gândi că e posibil a spus tare: Eu zic să scuip pe amândouă. Cel de pe care nu se scurge vopseaua este îngerul pentru că acela va fi protejat de vreo divinitate. Groaza de pe chipul pictorului a provocat hohote de râs al căror ecou rămăsese in clădire și după ce am plecat noi.
Cireașa de pe tort a fost însă întâlnirea din Unirii cu un călugăr care vindea iconițe de hârtie celor care stăteau la o coadă uriașă pentru a atinge moaștele unui nu știu care sfânt. Nu știu ce văzuse călugărul pe fața Autorului încât să simtă nevoia să îi vorbească despre mântuirea păcatelor. Nu putea să își aleagă un păcătos mai potrivit pentru discurs. Autorul s-a uitat fix la el câteva zeci de secunde așa cum se uită lupul la oaie. Apoi l-a scuipat în gura deschisă. În timp ce niște băbuțe își făceau cruce oripilate, el s-a întors și am plecat mai departe ca și cum nu se întâmplase nimic.

Mihai nu a răspuns la telefon. Nu cred că o să îl din nou. Mi-a pierit tot curajul și eu nu sunt așa. Nu am probleme cu un refuz, poate și pentru că nu prea mi s-a întâmplat până acum. Stau și tremur ca proasta lângă telefon pentru un om care mi-a bușit mașina.
A sunat el două ore mai târziu. Mi-a recunoscut vocea imediat și m-a întrebat dacă aș vrea să ne vedem la un ceai în seara aceasta. Normal că vreau. În loc de la revedere mi-a spus: sunt foarte fericit că ai sunat și de abia aștept să te văd.

Mă îmbrac de parcă am două mâini stângi și 18 ani. Faptul că Mihai mi-a lovit bara din spate s-ar putea să fie cel mai bun lucru care mi s-a întâmplat până acum.

36
AUTORUL VORBITOR ÎN NUMELE LUI ANDREI

De obicei planific întâlnirile cu posibile personaje în detaliu. Nu suport un răspuns negativ la cererea de a vorbi în numele lui sau al ei. Pentru întâlnirea cu Andrei nu mi-am făcut însă nici un plan. Nu mă interesa să scriu despre trecutul lui. Nu aveam ce să scriu despre viitorul lui pentru că nu avea unul pe care eu să îl pot aproxima. Desigur, luasem în calcul și ideea de a îl scuti de povara unui viitor.

Era prima oară când mă întâlneam cu cineva care avea SIDA. Am plecat la întâlnirea cu el fără vreun bagaj de prejudecăţi cu excepţia gândului că era posibil ca el să fi afectat iremediabil vieţile altora.

Se vedea pe faţa lui că nu dormise în ultima vreme și că era bântuit de destule coșmaruri. Nu am fost politicos pentru că nu simţeam nici o urmă de compasiune faţă de el. L-am întrebat direct: câţi oameni ai infectat, idiotule? Nici măcar nu a clipit. Era deja terminat nervos. Cu patru femei se culcase în ultimele opt luni și toate erau infectate. Ulterior, le-am căutat pe toate, însă doar una a vrut să vorbească cu mine. Dar viaţa lui Ingrid este altă poveste.

Să mă întorc la Andrei. A dorit să știe ce doresc de la el, că se bucură că Ioana este bine. Nu am spus nimic. Doar m-am uitat la el mult timp. Nu părea prost. Doar dezorientat. Am vrut să știu dacă s-a interesat de un tratament. A spus că nu și nici nu o va face. Poate chiar era prost. L-am întrebat ce va rezolva dacă va muri ca un câine. A fi bolnav și responsabil pentru îmbolnăvirea altora înseamnă că va trebui să trăiască și să facă ceva pentru a repara toate acestea sau a preveni repetarea unei asemenea situaţii. Se gândise deja la toate acestea. Însă era hotărât să termine totul cât mai repede. Începuse să mă obosească. Bineînţeles că tot ce spunea era o idioţenie. Nu simţeam nevoia să îl conving de contrariul. La urma urmei alţi patru oameni sufereau din cauza lui. În aceeași măsură, acei oameni sufereau și din pricina propriei lor prostii. Nu există o scuză pentru a nu folosi un prezervativ când faci sex pentru prima oară cu un necunoscut.

M-am ridicat să mă duc la toaletă. A crezut probabil că vreau să plec și m-a apucat de mână. Privirea lui cerșea să mai rămân. Omul acesta era singur. Nu mai avea pe nimeni. Am rămas. Cineva trebuia să o facă și pe asta.
I-am explicat că scriu o carte și vreau să vorbesc în numele lui. Nu își dorea asta, dar își dorea mai mult să rămân. Așa că a acceptat condițiile pe care i le-am pus. A vorbit ore în șir. L-am ascultat și am suferit.

37
MIHAI BARA DIN FAȚA

37 / Mihai / Bara din față

Am obosit. Nu știu ce caut în orașul ăsta. Dacă eu sunt în București doar ca să mă duc la birou 10 ore pe zi, să mai pierd două ore în trafic, să dorm și să o iau de la capăt în dimineața următoare, ceva este complet greșit.
Mi-am ascultat părinții, am învățat, muncesc. Conduc o Dacie rablagită și stau cu chirie. Sunt un robot care doar muncește. Ocazional mă mai culc cu câte o roboțică. Și ea tot năucă de muncă. Și ea la fel amânând pe termen nelimitat posibilitatea de a își întemeia o familie.
Toate astea în speranța că la un moment dat voi avansa în carieră și voi avea ceea ce se numește succes în viață. Sunt chiar și exemple în direcția asta. Șeful meu este unul dintre ele. Doar că este greșit din două motive. Primul este legat de faptul că este un idiot irecuperabil care știe doar să lingă în cur și să își asume meritele pentru munca altora. Al doilea este că la funcția lui visează cel puțin cinci colegi de ai mei. Nimeni nu spune însă ce se va întâmpla cu cei patru care nu vor reuși să se ridice la nivelul de incompetență necesar pentru a obține promovarea.
Nu fac nimic ca să schimb ce mi se întâmplă. Frumos spus este că procrastinez. Pentru că m-am gândit să plec din țară sau să mă mut în alt oraș în care există viață după serviciu. Mai puțin frumos, dar mai aproape de adevăr, este că între mine și șeful meu există elemente comune. Și eu sunt tot un idiot pentru că accept tot ce mi se întâmplă. Nu este nimic dificil în a îi spune când ajung acum la birou să își bage în cur cât mai adânc ordinele idioate de prost care nu știe cu ce se mănâncă meseria mea.

Tot acest proces logic plin de argumente strălucitoare îmi este întrerupt când mașina mea se oprește în bara mașinii din față care a frânat brusc. Perfect! Exact ce îmi lipsea! E clar că este o situație idioată care a fost provocată de șmecherașul cu limuzina care a ieșit de pe o stradă laterală. Nu cred că el a observat măcar ce s-a întâmplat. Însă domnișoara din mașina din față coboară acum. În curând va începe circul și va trebui să îi ascult istericalele. Va fi vina mea că nu am respectat distanţa legală și va trebui să plătesc reparaţiile. Să vedem de unde o să mai fac rost de bani. De abia dacă am buget să întreţin janghina asta de Dacie.

Cobor din mașină și o întreb dacă este bine. Se uită la mine surprinsă și îmi spune că este. Până la urmă s-a dovedit a fi o femeie foarte amabilă și a declarat că accidentul nu este din vina mea și astfel mi-am reparat mașina pe asigurarea ei. Tot timpul cât am stat la biroul de constatări accidente ușoare nu m-am gândit decât la cât de frumoasă era. Nu am îndrăznit să spun că aș dori să o văd din nou. Lipsa mea de curaj îmi provocase o durere de inimă la propriu.

Mă uitam la ea cum se mișca strălucitoare printre toţi acei oameni. Foarte sigură pe ea și în același timp foarte respectuoasă faţă de poliţaiul burtos care completa procesul verbal. După câteva minute cred că poliţaiul ar fi șters cu haina pe jos doar ca să nu își murdărească ea pantofii. Avea picioarele atât de lungi că mi se defocaliza privirea încercând să le urmăresc de la vârful degetelor până marginea fustei scurte pe care o purta. Uitându-mă în ochii ei nu vedeam doar frumusețe, ci și un procesor dual core funcţionând foarte eficient.

Cred că m-ar fi considerat nebun dacă i-aș fi spus că mă îndrăgostisem de ea în acele câteva minute. Că nu puteam să accept viitorul decât trezindumă în fiecare dimineaţă cu ea lângă mine. Că aș fi fost fericit să îi aduc cafeaua sau să omor pe oricine din lumea asta pentru ea. Că mă simţeam la sfârșitul unui drum care mă secătuise de energie începând cu momentul in care am mers prima oară ca bebeluș. Și că nu era ceva de moment, ci chiar vorbeam de sufletul meu.

Nu am spus nimic din toate astea și mi-am mușcat limba atât de adânc încât mi s-a umplut gura de sânge pe care a trebuit să îl înghit de fiecare dată când vorbeam. De atunci mi-a rămas o cicatrice pe limbă care mă deranjează îngrozitor de fiecare dată când mănânc ceva amar.

I-am lăsat o carte de vizită pentru cazul în care ar mai fi fost nevoie de ceva, fiind aproape sigur că o va arunca cu prima ocazie. Am primt în schimb cartea ei de vizită, cea mai prețioasă bucată de hârtie pe care am ținut-o vreodată în mână.
Sunt un laș. Mă uit la numărul ei de telefon în fiecare zi, dar nu îndrăznesc să o sun. Mi-e frică că nu mă voi putea stăpâni și îi voi spune tot ce îmi trece prin cap. Asta ar fi cea mai potrivită variantă pentru a o determina să ceară protecția poliției împotriva mea. Am devenit cu adevărat un robot. Mănânc doar când își aduce aminte corpul meu că trebuie. Fac totul la birou dintr-un automatism. Nu mă mai afectează nimic din ce fac ceilalți colegi pentru că nici unul dintre ei nu mai există pentru mine. Singura mea realitate este ea.

A trecut mai mult de o lună de când am întâlnit-o și nimic nu se schimbă. Mă gândesc tot timpul la ea și doar la ea. Când am văzut un apel pierdut cu numărul ei mi-au trebuit câteva secunde bune să procesez informația. Am sunat-o imediat înapoi. Am invitat-o la un ceai în seara asta și a fost de acord.
Acum stau cu fruntea lipită de geam, mă uit la strada plină de găuri și simt vibrațiile provocate de trecerea unui tramvai. Toate acestea nu mi se mai par atât de cenușii acum. Toată greutatea din piept mi s-a mutat în spatele ochilor. Lacrimile mi se scurg pe obraji fierbinți și nu mă pot opri să observ câtă liniște este în plânsul meu.

38
AUTORUL CAND UNUL ESTE BOLNAV, TOȚI SUNTEM

38 / Autorul / Când unul este bolnav, toţi suntem

De fiecare dată când îi văd buzele albastre şi simt scânteia vieţii din el aproape stinsă, mă bucur că se întâmplă în timp ce sunt aşezat pe marginea patului. Andrei nu mai are mult de trăit. Sunt conştient că prezenţa mea îi face bine.

În ultimele trei luni am avut grijă de el. Am renunţat la serviciu. Nu am mai scris nimic. Nu mi-am mai sunat prietenii. Aşa zişii prieteni. Doi sau trei m-au sunat să mă întrebe ce fac. Restul, zeci de oameni pe care îi sunam în fiecare săptămână pentru că îi consideram prieteni, nu au sunat niciodată. Mai multe email-uri primesc de la prietenii pe care îi am în alte ţări. Nu sufăr din cauza asta. Doar constat.

Îi ţin capul în timp ce vomită în vasul de toaletă. Respiră greu. Plămânii au început să cedeze. Se lasă în genunchi. Apoi se lasă într-o parte sprijinindu-se cu spatele de tocul uşii. Sunt obosit şi genunchii mei cedează. Mă las în spate în direcţia opusă. Mă aşez turceşte, dar impulsul iniţial mă trimite în spate. Capul mi se opreşte lovind cu un zgomot sec marginea căzii. Se uită la mine şi începe să râdă. Râd si eu în timp ce îi explic că arată ca o păpuşă mare din plastic ieftin de culoare alb murdar cu puţin albastru. Începem amândoi să râdem şi mai tare. După un timp, râsul s-a transformat în plâns.

El plânge de frică. Chiar dacă a decis că nu doreşte nici o formă de tratament. Îi este frică de moarte. Cred însă că îi este şi mai multă frică de secunda următoare. Fiecare clipă înseamnă şi mai multă durere.

Eu plâng pentru că mă simt neputincios. Nu îi sunt de nici un folos. Sunt un spectator inutil care se amăgeşte cu ideea că prezenţa lui ajută cu ceva.

Am renunţat după prima săptămână să îl conving să se răzgândească. Este inutil să îi explici unui om care va muri cu siguranţă că are comportamentul unui sinucigaş.

Ne ocupăm zilele citind, gătind tot felul de reţete şi degustând vinuri. Eu dorm într-un fotoliu şezând. Am încercat să dorm culcat pe o canapea. Imediat ce mă întind îmi vine să vomit.

Nu îl interesează călătoriile și singurele ieșiri din casă sunt pentru a merge să vedem un film sau să ne plimbăm prin parc. Mai bine zis erau. La durerile de cap, greutatea de a respira și starea de frig continuu făcea față. Acum însă a început să nu mai vadă bine și infecțiile din gât îi provoacă o tuse continuă. Îi este groază că ar putea îmbolnăvi și pe altcineva. Prima oară când a tușit sânge a stat închis în cameră două zile. După aceea nu a mai ieșit din casă. În puținele situații în care simt ceva față de el, este admirație. În fiecare dimineață se ridică din pat și se îmbracă foarte atent. Folosește fond de ten. Pielea de pe față îi este albă cu pete mari maronii. Încearcă să ascundă orice urmă a bolii, apoi își face cafea. În fiecare dimineață își convinge propria minte că indiferent ce se întâmplă el trebuie să arate bine. E mai mult decât păstrarea aparențelor. Tot efortul are ca scop eliminarea acelor momente în care, văzându-se cu coada ochiului într-o oglindă, s-ar îngrozi de propriul chip.

Îmi strâng capul între palme. Am febră. Creierul meu fierbe. Îmi apăs tâmplele ca și cum ceva ar putea exploda. Este conștient mai puțin de 20 de minute pe zi. Restul timpului îl petrece într-o stare de somnolență. Îl hrănesc cu forța și îl car până la toaletă la intervale regulate de timp ca să fiu sigur că nu face pe el.

A venit timpul. Îi sun pe părinții lui. Când am vorbit cu ei ultima oară mi-au spus că ei nu au nici un băiat. Nu mai au aceeași reacție când le spun că e pe moarte.

Au venit să îl ia. Va fi internat într-un spital la ei în oraș. Mă privesc cu ură. Tatăl lui pentru că i-am adus aminte că are un fiu. Mama lui pentru că am fost alături de fiul ei atunci când ea ar fi trebuit să facă asta. Ea mă urăște pentru că îi aduc aminte de ce mamă execrabilă este. Nu le spun nimic din ce gândesc.

Suferă îndeajuns și așa.

Mi-am luat rămas bun de la un suflet care nu mai are mult de stat în acel corp. Nimic nu mai contează acum.

39
IOANA CEL MAI BUN PRIETEN

39 / Ioana / Cel mai bun prieten

Autorul nu îmi mai răspunsese la telefon sau la email-uri de când îi dădusem numărul de telefon al lui Andrei. Asta a fost acum vreo șase luni. Nu insistasem, dar îi trimisesem cel puțin un mesaj în fiecare lună.
Nu mi s-a părut ceva neobișnuit din partea lui. Nici măcar nu știam dacă era în țară.
Suferea de dor de ducă sau „febra lui Doru frizerul" cum îi spunea el. Existau momente când, fără nici un motiv, începea să se sufoce. Singurul medicament era să ia toți banii pe care îi avea la îndemnă sau îi putea împrumuta de la prieteni și să plece. Se urca în primul tren sau avion și pleca pentru câteva săptămâni.
Ne-am văzut de două ori imediat după ce venise dintr-o astfel de vacanță. Era nebărbierit și neîngrijit, dar cu ochii strălucitori și cu poftă de mâncare extraordinară. M-am obișnuit să am o rezervă de ciocolată cu marțipan prin casă pentru că asta îl face fericit.

Au trecut șase luni și acum stă lângă mine bărbierit cu grijă și atât de slab încât am impresia că pot să îi număr coastele pe sub pulover. Încerc să îi citesc semne de oboseală pe chip. Le găsesc adunate la colțul ochilor și în modul în care își încleștează fălcile. Ochii lui ard, dar fără strălucire. Nu mai strălucesc de nici un fel.
Suntem la înmormântarea lui Andrei.
Părinții lui Andrei sunt de față. Nu mă așteptam. După acel telefon primit de la Andrei, citisem destul de mult despre SIDA în România. Se pare că, în cele câteva cazuri despre care se povestise ceva despre relația cu familia, românii nu reacționau altfel decât în restul lumii. Bolnavul era tratat ca un paria, izolat de familie ca și cum ar fi fost deja mort. Autorul este tratat ca un membru al familiei. Se pare că a ținut legătura cu Andrei și i-a cunoscut destul de bine pe părinții lui în acest timp.

După ce rezultatul analizelor îmi confirmase că nu eram infectată cu HIV nu mai dorisem să aud de Andrei. Asta până când Autorul m-a sunat și mi-a spus să vin la înmormântare. Am vrut să îi închid telefonul în nas, dar ceva în vocea lui mi-a spus că el avea nevoie să fiu acolo. Era prima dată când îmi cerea ceva pentru el, așa că venisem.

Sora lui Andrei era o fetiță drăgălașă de vreo 12 ani. Pentru vârsta ei știa foarte multe despre boala fratelui ei. Am stat de vorbă într-un colţ de cameră și am ascultat-o povestind serioasă lucruri pe care un copil de vârsta ei nu numai că nu ar trebui să le știe, dar nici nu ar trebui să le trăiască. Așa am aflat că Autorul era cel mai bun prieten al lui Andrei. Că părinţii nu au vrut să mai audă de el atunci când au aflat că are SIDA. Dar într-o seară Autorul a venit și a vorbit cu ei mult timp. Ea nu a înţeles mare lucru, dar mama a plâns mult și tatăl lui Andrei a trântit un scaun și a plecat. Cu o lună în urmă Autorul i-a sunat și au fost toţi trei la spital. Acum a plâns și tatăl lui Andrei.
Nu a venit multă lume. Câţiva colegi de la birou și rude. Rudele erau câteva babete și niște burtoși care șușoteau pe la colţuri. Am auzit cuvântul rușine și altele pe care nu am să le repet aici. Îmi era scârbă de ei și aș fi vrut să îi scuip în faţă și să le spun că rușine ar fi trebuit să le fie de felul în care gândeau. Corpurile lor decrepite și jegul din gânduri ce li se citea pe faţă erau mai scârboase de o mie de ori decât boala lui Andrei.
Nu am făcut-o. Nu merita efortul.

M-am întors lângă Autor. Mi-am pus mâna după umerii lui și i-am simţit corpul cum cedează. S-a sprijinit de mine și am știut în sufletul meu că ţinuse mult la Andrei și că odată cu moartea lui se pierduse și ceva din el. Cumva am fost sigură că o mare parte din ultimele șase luni nu fusese plecat nicăieri, ci le petrecuse lângă Andrei.

Nu era un moment potrivit să îl întreb dacă a mai scris ceva în ultimul timp. Știam că începuse să scrie mai multe cărți. Citisem câteva fragmente și îmi plăcuseră. Mă întrebam dacă va scrie despre Andrei. Sau cum spunea el celor care îi inspirau personajele, dacă va vorbi în numele lui.
Dacă se va întâmpla asta, eu nu voi citi. Șocul pe care mi-l provocase Andrei fusese foarte puternic și nu doream să mai știu nimic în plus. Nu aveam nimic bun de spus despre el și nu vroiam să aflu nimic despre el.
Eram acolo pentru Autor, cel care păruse întotdeauna a fi într-un echilibru perfect, iar acum se prăbușea în brațele mele. Mă îngrijora starea lui. Eram mulțumită că mă aflam acolo și că îmi ceruse el asta. Era un om mândru care nu accepta ajutorul nimănui dacă nu ar fi avut nevoie cu adevărat. Știam că eu pot să îi fiu de ajutor și că o să am grijă de el până își va reveni. L-am strâns lângă mine și i-am șoptit: sunt aici.

40
AUTORUL
UN EȘEC

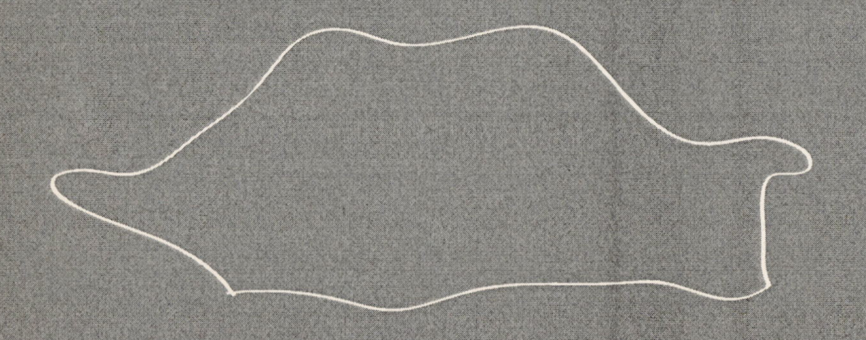

Ai observat că nu am mai vorbit de ceva timp despre Ștefan. Pentru mine, partea interesantă din povestea lui s-a terminat odată cu momentul în care a început liceul și a început din nou atunci când m-a întâlnit pe mine. Păcat că a irosit niște ani buni. Începutul era promițător. Din nefericire, toată suferința lui și modul în care a interiorizat ura pe care o simțea față de tatăl lui și, prin extensie, față de toți oamenii pe care i-a cunoscut vreodată l-au transformat într-un om eminamente bun. Ai putea să o numești educație prin exemplu negativ.
Este ridicol și mă enervez de fiecare dată când mă gândesc. Un om care a trăit experiența de a fi aproape de moarte de nenumărate ori, dar mai ales care a avut privilegiul de a muri și a se întoarce, ar fi trebuit să își manifeste creativitatea și umanitatea într-un mod deosebit. Ar fi putut înființa o nouă religie. Ar fi putut fi un ucigaș plin de inventivitate în a crea noi definiții pentru cuvântul suferință. Ar fi putut măcar să devina un lider de afaceri sau politic al turmei din care face parte.
Un potențial deosebit irosit!

Povestea lui ar fi trebuit să fie axa principală a acestei cărți. Restul personajelor s-ar fi mulțumit a fi covorul roșu de sub picioarele lui. Am descoperit că nu am destul material pentru asta. Astfel încât Ștefan a devenit doar unul dintre celelalte personaje.
O să vorbesc despre el din nou atunci când mă voi apropia de sfârșit. Peste restul acestui fragment poți să sari dacă vrei. Va cuprinde pe scurt povestea timpului dintre momentul în care trecutul lui oferea posibilitatea unui viitor captivant care ar fi trebuit să îți incite imaginația și momentul în care interacționează, în mod necesar, cu un alt personaj în conturarea unui sfârșit pe care eu personal îl consider neplăcut. Nu pot modifica asta prin exercitarea liberului meu arbitru. Adevărul istoric este un rău necesar. Revoluția a avut loc în perioada în care Ștefan se apropia de sfârșitul liceului. A făcut și el ceea ce au făcut și ceilalți de vârsta lui. A descoperit

discotecile, sexul de-o noapte, yoga, alcoolul, pe Eliade, Noica și Cioran. A trecut prin facultate ca gâsca prin apă. A învățat cât să treacă de examene în sesiune și s-a culcat cu toate femeile care i-au acordat puțină atenție.
Nu a ieșit în evidență prin nimic. Și-a închis mintea lăsând în stare de funcționare doar acele părți de care avea nevoie pentru a fi unul dintre ceilalți. A refuzat să își asume vreun risc. Nu a dorit să învețe altceva după ce a terminat facultatea și nici să facă ceva ce i-ar fi plăcut pentru că era sărac. Și-a căutat un serviciu și în următorii cinci ani a muncit pentru bani. Cu siguranță a învățat multe pentru că acele timpuri erau vremuri interesante, dar a rămas corigent din nou și din nou, în fiecare an, la școala vieții. A cheltuit fără rost banii pe care i-a câștigat și a trecut dintr-o relație în alta. Nu și-a asumat niciodată responsabilitatea de a își întemeia o familie sau de a investi în ceva ce l-ar fi legat de un loc, ca de exemplu o casă.
Apoi a plecat pentru prima oară din țară. Mintea și sufletul lui s-au deschis către noile experiențe ce i s-au oferit. A văzut locuri minunate și a întâlnit oameni frumoși. A descoperit liniștea propriei minți în a auzi oamenii din jurul lui vorbind măcar o limbă pe care nu o înțelegea.
A descoperit în același timp că este nefericit. Sufletul lui nu și-a găsit niciodată vreun moment de liniște. Nimic nu îi era de ajuns. Nimic din ce omenirea definea ca frumos, minunat, oricât de copleșitor ar fi fost pentru orice altă ființă umană nu stingea focul ce îi ardea în spatele ochilor. A găsit o formă și un motiv pentru nefericirea lui, dar a trebuit să accepte și că era prea târziu pentru a mai schimba ceva. A căutat-o pe Maria în fiecare femeie care s-a uitat în ochii lui cu dragoste. Nu a găsit-o.
Când l-am întâlnit eu era, cel puțin pentru ceilalți, un om normal. Pentru mine a fost o senzație similară cu plăcerea unui pahar de absint. Era o ruină. O marionetă de porțelan făcută din cioburi ținute împreună de puterea voinței. Un om care știa orice despre orice, dar căruia îi era frică să rămână singur cu el însuși. Era un nenorocit ca toți ceilalți, dar efortul pe care îl făcea pentru a păstra aparențele era impresionant. Am vorbit cu el și m-am bucurat că instinctul meu a funcționat. Avea un trecut interesant. Toată amărăciunea din vocea lui îmi făcea bine. Când am scos de la

el tot ce făcuse viața lui de până atunci să merite a fi trăită, a rămas un om bun. O raritate. Un om cu un suflet bun. El, prezentul și noblețea cu care își ascunde suferința, viitorul și faptul că va fi fericit, după standardul tău cititorule, toate acestea mă dezgustă. Simt repulsie și față de cuvintele pe care tocmai le-am scris.

41
ANDREEA
CÂND
ANDREEA
ÎL ÎNTÂLNEȘTE
PE ȘTEFAN

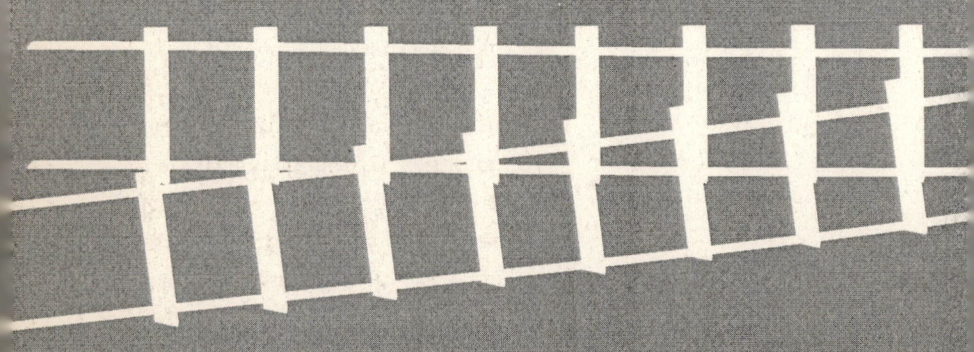

Îi spun mulțumesc și mă bușește râsul în timp ce îmi frec cu palma creștetul capului. S-a grăbit să mă ajute să îmi ridic valiza și ne-am aplecat amândoi în același timp. Cum era de așteptat, capetele noastre au intrat violent în contact. Îl las să îmi așeze valiza pe suportul din vagon și ne așezăm.
Se cunoaște că mintea mea a părăsit Bucureștiul chiar înainte să o facă corpul. Am reușit să mă amuz de situație. O săptămână departe de orașul acesta îngrozitor o să îmi prindă bine. Mi-ar prinde și mai bine să nu mă întorc deloc. Îmi întinde mâna și îmi spune că numele lui este Ștefan. Pare simpatic însă nu simt că aș dori să socializez acum. După ce îi spun numele meu îmi întorc ochii către cartea pe care o am în mână. Sper să nu insiste în a începe o conversație.

După câteva pagini îmi zboară gândul către orice altceva. Zgomotul ritmic al trenului, satele prăpădite, câmpurile de abia arate îmi adorm vigilența. Mintea mea pornește în propria ei călătorie. Și-a stabilit până și un fundal muzical. Aud din memorie Balada lui Ciprian Porumbescu.
Mă trezesc trăgând concluzii despre situația mea de acum. Sunt singură cu o viață împovărată de rutină în București. Mă trezesc în fiecare dimineață singură îmbrățișând perna. Dacă aș crede în vreun Dumnezeu acum l-aș ruga să îmi trimită pe cineva sau măcar să îmi îndrepte pașii spre un om care să fie alături de mine.
Ștefan pe scaunul din stânga mea se foiește. Mă uit la el. Se vede pe fața lui că vrea să stea de vorbă. De ce nu?, îmi spun. Am vorbit trei ore până când a coborât. Despre tot și despre nimic. Când ne-am despărțit mi-a spus doar numele lui de familie. Nu mi-a cerut numărul de telefon, pe care nu i l-aș fi dat, și nici nu s-a oferit să mi-l dea pe al lui, pe care l-aș fi aruncat tot atunci.

Abia când trenul s-a pus în mișcare am realizat că ultimele ore fuseseră de o normalitate pe care nu o mai trăisem de luni bune. Am vorbit, am râs, m-am contrazis cu un om normal care nu a vrut nimic altceva de la mine decât o conversație în tren.

Când am realizat că următorul meu gând ar fi fost întrebarea: oare a devenit normalitatea o excepție?, m-am simțit proastă. Eram o femeie deșteaptă, capabilă să își exercite liberul arbitru în luarea unei decizii. Nu aveam nevoie să îmi pierd timpul formulând întrebări idioate.
Primul lucru pe care l-am făcut când am ajuns acasă a fost să îl caut pe Facebook. Mi-a plăcut ce am văzut și mi-a plăcut ce am citit. Așa că l-am scos la o cafea. Au urmat filme, piese de teatru, dimineți de sâmbătă la Muzeul Național de Artă. El înțepenit ore întregi în fața tablourilor lui Grigorescu, iar eu plimbându-mă prin toate celelalte săli.
Ștefan îmi devenise cel mai bun prieten. Această stare a ajuns însă și ea la un sfârșit. Totul a durat până când s-a apucat să vorbească despre el si despre mine, despre noi, într-o după amiază. L-am ascultat cu atenție. După ce a tăcut am realizat că îmi pierdusem cel mai bun prieten pe care îl avusesem vreodată. Omul alături de care văzusem lumea în culori neînchipuite până atunci. Omul alături de care reușisem să devin acea femeie ce îmi dorisem întotdeauna să devin.

Hmmm! Sunt sigur că în acest moment, cititorule, te aștepți la ce e mai rău. Ar fi mai bine să mă întrebi ce am câștigat. O să îți răspund cu multă plăcere. Am câștigat un bărbat bun care mă iubește. Am câștigat o viață minunată departe de România. Am câștigat tot ce se putea câștiga.
Îmi mângâi burtica rotundă ce se mărește pe zi ce trece. Acum o să cobor în grădină și o să lenevesc pe balansoar până voi auzi mașina lui frânând în fața casei.

42
ȘTEFAN CÂND ȘTEFAN O ÎNTÂLNEȘTE PE ANDREEA

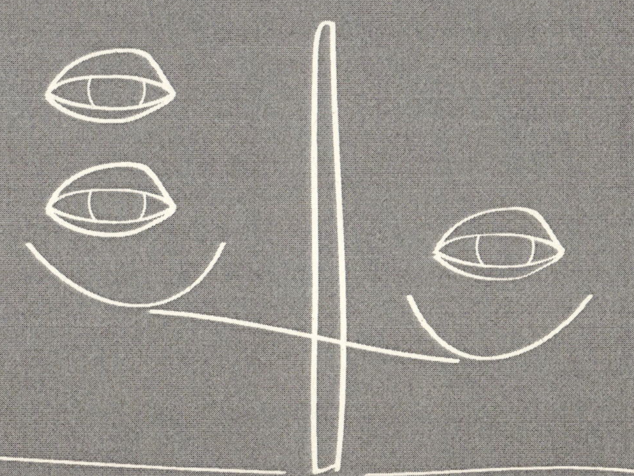

Dacă majoritatea deciziilor importante le luăm în câteva secunde, de ce durează atât de mult până o facem? Ştiu, pentru că procesul de analiză cere timp. Însă eu analizez foarte repede sau deloc. Las instinctul meu să ia decizii. Nu mă interesează dacă e bine sau nu. Important este că eu câştig timp.
Nu regret niciodată nimic. Pofta mea de viaţă este egalată doar de indiferenţa cu care tratez propriile defecte şi modul în care ceilalţi sunt deranjaţi de asta.

Aici ar trebui să vă povestesc despre cum şi când am întâlnit-o pe Andreea. Nu este prea mult de spus. Ne-am întâlnit în tren şi am stat de vorbă. Când ne-am întors în Bucureşti ne-am întâlnit destul de des pentru standardul bucureştean privitor la intervalul de timp care trece de la momentul în care discuţi cu un prieten că o să vă întâlniţi şi momentul în care acest lucru chiar se întâmplă. Am vorbit şi mai mult.
Andreea este o femeie frumoasă. Frumuseţea contează pentru mine. Nu sunt un idiot care să susţină că frumuseţea este trecătoare. Pentru că numai un idiot ar folosi noţiunea de frumuseţe pentru a caracteriza fizic o persoană.
Este o femeie frumoasă pentru că are un suflet bun şi pentru că mă înţeleg foarte bine cu ea. A suferit destul de mult, dar nu este nimic special în asta. Ce i s-a întâmplat ţine de acele greşeli pe care le fac adolescenţii pentru a dovedi ca sunt oameni maturi.

Ne-am înţeles bine foarte mult timp, până când am realizat că vreau mai mult. Nu am stat prea mult pe gânduri. M-am grăbit şi asta este o greşeală pe care o fac întotdeauna. Nu să mă grăbesc, ci să nu iau în consideraţie că majoritatea oamenilor au un alt ritm de viaţă. Nu m-am gândit nici o secundă că dacă, după atât de mult timp, Andreea nu a spus nimic despre a fi mai mult decât simpli prieteni este posibil să nu dorească mai mult.

I-am spus că întotdeauna am căutat locul potrivit. Acel spaţiu în care să mă simt în echilibru. L-am căutat în mine şi l-am căutat pe jumătate din planeta asta. Și i-am mai spus am realizat că orice loc este locul potrivit atunci când ea este lângă mine. Că nu îi promit o viață ușoară și că nu vom sta într-o țară mai mult de 6 ani. Imediat ce un mediu va deveni sigur și stabil eu voi simți nevoia să o iau din loc.

Uitându-mă în ochii ei am realizat că nu avea nici o importanță ce spuneam. Nu am întrebat-o, ci i-am spus: Vei fi soția mea. A spus: Da.

43
AUTORUL LOCUL POTRIVIT

43 / Autorul / Locul potrivit

Locul potrivit. Două cuvinte. Atât a rămas din acești ultimi ani. E titlul unui cântec și răspunsul furios pe care mi l-a dat Ștefan când l-am întrebat ce are de gând să facă de acum încolo. Să își găsească locul potrivit mi-a spus.
Atunci am știut că a venit momentul să îl las să plece. Un nenorocit nerecunoscător! Nu față de mine. Față de el însuși. Atât de multe cunoștințe si experiențe irosite! Rolul suferințelor și sacrificiilor nu este să îți obții liniștea. Este acela de a te împinge mai departe dincolo de limitele si percepția furnicilor alături de care îți petreci zilele.

El nu este de aceeași părere. Consideră că a devenit destul de puternic pentru a își asuma responsabilitatea unei familii și riscul implicit mutării într-o altă țară. Ce risc este acesta pentru cineva capabil de a se adapta la orice mediu!?
După ce a plecat, convins probabil în sinea lui că supărarea îmi va trece și vom vorbi din nou, am zâmbit. Măcar avea curaj. Făcuse o alegere care îl ducea pe un drum sigur.
M-am uitat la sufletele celor în numele cărora am vorbit în această carte. Toți căutau același lucru: locul potrivit. Un loc unde să simtă o certitudine. O fărâmă de fericire. Unii l-au găsit. Alții nu. Și nu există o regulă fixă care să spună că dacă vei face asta îți va fi bine. Nici măcar a face bine nu garantează asta.
Ștefan și Andreea, Ioana și Mihai, Maria, Alex, toți au găsit ceea ce au crezut că au nevoie. Unii în ciuda efortului meu de a le oferi mai mult și a le arăta potențialul pe care îl au. Sper că și Andrei și-a găsit liniștea într-o viață după moarte în care nu cred. Important este că el credea. Frica lui de a ajunge în Iad era reală.
Am să desfac sticla de absint pe care s-a pus praful și o să pictez câteva zile. După care voi începe vânătoarea. Sunt încă mulți oameni în numele cărora vreau să vorbesc. Pentru mine locul potrivit este întotdeauna următorul suflet din care mă voi hrăni.

44
ȘTEFAN
LA
BUCĂTĂRIE

Pot să te ajut cu ceva? Cea mai idioată întrebare pe care poți să o pui în bucătăria mea.
Nu! Nu vreau să mă ajuți! Stai acolo cuminte pe scaun și taci! Degetele mele se strâng pe mânerul cuțitului și mă gândesc că mânerul lui este destul de gros ca să îți dau una în cap și să fiu sigur că vei sta liniștită în colțul de cameră în care o să te târăsc. O să îți fie învățătură de minte să fii atât de obtuză încât să nu fi înțeles din ce ți-am povestit până acum că bucătăria este un loc sacru pentru mine în care ritualul de a găti este al meu.
Nimeni nu atinge vreodată cuțitele mele pe care le ascut cu atenție. Nimeni nu cere sare sau piper pentru a schimba gustul felului de mâncare pe care eu îl gătesc. Ești nedemnă de a atinge tacâmurile mele. Cu siguranță nu vei auzi povestea felului de mâncare pe care îl gătesc și nu voi împărtăși cu tine această parte din viața mea.

Asta ar fi auzit oricine s-ar fi oferit să mă ajute în bucătăria mea. Oricine în afară de Andreea. Când sunt cu ea nu sunt mai bun ca de obicei. Sunt la fel de stricat cu memoria mea funcționând defazat de timpul celorlalți și cu impulsurile mele de a spune ce gândesc lăsând potențialul de violență la suprafață. De cele mai multe ori nici nu este nevoie să lovesc pe cineva fizic. Vocea mea face totul real pentru celălalt.
În prezența ei însă reușesc să mă accept pe mine însumi. Nu mai sunt stricat. Sunt doar eu. Mă acceptă așa cum sunt și nu mă face să mă simt inconfortabil datorită handicapului meu.

Îi zâmbesc și o rog să ia cuțitul mic cu vârful curbat din suport. Îi arăt perele si o rog să le curețe de coajă și să le taie în două pentru desertul cu cremă de brânză mascarpone pe care o să îl fac.

După ce desfac un borcan de miere cu fagure în el, îi fac loc în timp ce se întinde după un șervet. Își șterge mâinile de apa rece care i-a înroșit pielea și privind în ochii mei își bagă degetele în borcan. Scoate o bucată de fagure. O duce la gură și mușcă. Îmi zâmbește cu mierea scurgându-se pe buze, iar eu mă gândesc că nu există blasfemie mai plăcută care să fi afectat sacralitatea bucătăriei mele.

Îmi adun gândurile și încep să îi spun povestea felurilor de mâncare de astăzi. O să încep de la mitologia greacă și o să termin prin a îi povesti lipsa de cuvinte pe care o am atunci când trebuie să descriu în câte feluri mă face fericit faptul că ea există acum în viața mea.

45
AUTORUL SFÂRȘIT?

Asta a fost povestea lui Ștefan și a celor care au trăit în același timp cu el. Cărările lor s-au intersectat într-un moment sau altul.
Ștefan este un om normal și plictisitor. El și Andreea se iubesc și vor trăi împreună fericiți până la adânci bătrâneți. Vor înfrunta greutățile, care le vor fi așternute în față de acum înainte, împreună și vor reuși să iasă învingători din orice încercare. Este o situație specială. Normalitatea a devenit o excepție, ceva rar și iubit de Dumnezeu. Da. Există un Dumnezeu.
Ioana a obținut tot ce și-a dorit doar prin faptul că este perfect adaptată vremurilor în care trăiește. Am învățat mai multe de la ea decât a învățat ea de la mine. Mi-a fost prieten bun atunci când am avut nevoie.

Nu are importanță ce fac ei acum. Mulți sunt bine, unii nu mai sunt. Există un fir logic a cărui urmărire cere efort și care descrie nu doar curgerea vieții lor, ci și transformările prin care trec ființele umane. Există speranță chiar dacă a spera este o acțiune inutilă.
Nu îi iubesc pe toți cei în numele cărora vorbesc. Îi iubesc doar pe cei care își trăiesc viața, cei care au înțeles că a acționa în direcția transformării viselor în realitate înseamnă a trăi. Viața este făcută din aceste mici fragmente de durere, bucurie, încercări care te pun în genunchi doar ca să îți permită să te ridici în picioare mult mai puternic.

Eu sunt autorul și acesta este universul meu în pragul extincției. Știu că voi muri cu ultimul cuvânt scris. Este ultima pagină. Nu sunt diferit de toți ceilalți muribunzi. Atunci când se apropie acel moment toți ne agățăm cu dinții de viață. Cei care vor citi vor trăi mai mult ca mine. Nu vreau să îmi găsesc liniștea. Nu vreau să mor. Mă uit la viața ce curge prin ei și nu pot să nu îi urăsc pentru asta.
Sensul acestui act de creație este doar acea existență efemeră în memoria lor.
Voi fi generos. Nu am nimic de pierdut, așa că aș putea să fac și ceva bun astăzi.

Când mă uit la cei pe care nu i-am întâlnit, simt că mai există o șansă, văd oportunități. Mă simt atras de acel amestec nedefinit de speranță și disperare, de bunătate și răutate, de dragoste și gelozie, de dorința lor de bani, de nevoia lor de a controla viața celor din jur, de a se culca cu soția sau soțul celui mai bun prieten sau prietene, de continua trăire a senzației că găina vecinului e mai grasă, de foamea de a fi un animal în turmă și de a îi sfâșia în bucăți pe cei care stau în calea lor.
Va trebui doar să îi fac să înțeleagă că următoarea ușă pe care o vor deschide nu va fi doar o trecere într-un alt spațiu fizic la fel de bine delimitat ca și cel din care au ieșit. Următoarea ușă va fi un pasaj de trecere către o viață mai bună pentru fiecare și pentru cei din jur. Că vor găsi în mine o putere nouă de a face bine și de a fi mai buni doar cu ajutorul meu.
Există o formă de adevăr unică în spusele cuiva care nu mai are cu adevărat nimic de pierdut pentru că totul se va sfârși pentru el acum. Asta ar trebui să mă transforme într-un vânzător de realitate mai bun.
Eu sunt ceea ce nu au curaj să identifice în ei înșiși. Sunt acea parte în care s-a concentrat toată răutatea, violența și mai ales ura. Sunt acea parte din instinctul de supraviețuire care le cere să își ucidă aproapele doar pentru că își doresc foarte mult bani, putere și sex.
Asta le va atrage atenția. Pentru că realitatea pe care o ofer eu este identică cu visele pe care le credeau de nerealizat.

Voi fi generos. Nu am nimic de pierdut, așa că aș putea să fac și ceva bun astăzi. Cel mai avantajos parteneriat posibil. Eu voi deveni parte din ei. Ne vom înțelege de minune pentru că ei vor fi tot timpul în control. Eu sunt doar un accesoriu care le oferă tot ce își doresc. Bani, putere, sex. Eu sunt avantajul competitiv. Partenerul de nădejde care să le dea încredere în forțele proprii.
Vor lua în considerare propunerea mea pentru că mintea și sufletul lor sunt în acord cu mine. Vor fi atât de entuziasmați încât nu vor da nici o atenție acelui mic detaliu referitor la forma scrisă a înțelegerii dintre noi. O simplă formalitate. Sunt un scriitor, așa că li se va părea normal să folosesc o metaforă. Vor considera o glumă nevinovată să le ofer totul și să le cer în schimb sufletul.

Vremurile s-au schimbat și nu mai este necesară semnarea unui contract ca să îți vinzi sufletul. Un simplu email este suficient.

Sfârşit.

P.S.

Să nu uit! Adresa de email: loculpotrivit@gmail.com

Locul potrivit, Emanuel Grigoraș
Format: 5,25 x 8 inci (139,7 x 215,9 mm), 1 volum
Număr de pagini: 217